RAUM IN
EINEM RAUM

Dies
ist die
NOVELLE

RAUM IN EINEM RAUM

von

ERIC KEIL

worin

BERNARD,

von der

**BEDEUTUNGSLOSIGKEIT
DER WELT
GELANGWEILT,**

an seiner vollständigen
inneren

AUSHÖHLUNG

arbeitet.

»Das Ziel kann nur die vollständige Aushöhlung sein«, sagt Gary und sieht Steffen über den Rand seiner Brille an. »Verstehst du mich? Du bist doch ein intelligenter Typ, oder? Dann verstehst du sicher, dass ich mich nur so dem Zustand der inneren Reinigung annähern kann.«

Gary und Steffen stehen vor der Tür eines italienischen Restaurants und rauchen. Sie sind sich gerade, nachdem sie von unterschiedlichen Tischen aufgestanden und nach draußen gegangen sind, um neben der Schiefertafel mit den Empfehlungen der Woche ihre Zigaretten anzuzünden, zum ersten Mal begegnet, aber trotz der fehlenden Vertrautheit kommt Gary direkt, wie Steffen ein klein wenig verwundert feststellt, mit ein paar ganz schön intensiven Sprüchen. Steffen zieht an seiner Zigarette, bläst den Rauch in die, verglichen mit der Schwüle des Tages, nun nach einem kurzen Gewitter angenehm frische Abendluft und sagt, während er über seinen makellos gepflegten blonden Vollbart streicht: »OK, verstanden. Und wieso ist das so wichtig? Wieso musst du dein Inneres so dringend reinigen?«

»Du kannst dir nicht vorstellen, wie es in mir aussieht. Da hat sich eine gewaltige Menge unterschiedlichster stinkender Substanzen angesammelt. Und mitten drin – das ist das Allerschlimmste – schlägt ein Herz«, erwidert Gary, krempelt die Ärmel seines schwarzen Hemds runter und gleich wieder hoch.

»Ich habe mein Inneres schon vor Jahren mit Leder ausschlagen lassen«, sagt Steffen. Er hat einige Gläser Weißwein getrunken und vorhin auch einen Joint geraucht und sagt das in seiner beschwingten Laune nur so dahin, aber Gary, der zunächst eine Strähne seiner dunklen und grauen, hinten kurzen und vorne langen Haare aus dem Gesicht streicht, Steffen dann erneut über den Rand seiner Brille fixiert, nimmt das sehr ernst. Leicht tadelnd, dabei mit anerkennendem Unterton, fragt Gary:

»Wirklich? Leder? Mit Nieten besetzt?« Steffen nickt. »Das ist natürlich schick«, fährt Gary fort. »Aber auch ziemlich anfällig. Da muss man höllisch aufpassen, sonst sieht es schnell oll aus. Deshalb bin ich für die vollständige Aushöhlung. Alles weg, bis runter auf den blanken Beton.«

»Viele von euch sind ja bedrückt wegen wirtschaftlicher Unsicherheit und emotionaler Zerrüttung, aber mir macht vor allem die Bedeutungslosigkeit zu schaffen«, sagt Bernard zu Steffen. Sie sitzen am Rand eines öffentlichen Tennisplatzes, auf dem sie vorhin ganz locker ein paar Matches gespielt haben, und trinken in der Nachmittagssonne Bier. Eigentlich wollte Bernard gleich wieder nach Hause, um zu duschen und sich umzuziehen, aber er hat sich dann doch von Steffen überreden lassen, noch etwas zu verweilen. Bernard sitzt zwar furchtbar ungern verschwitzt in der Gegend herum, weil er sich vor dem Gestank seines eigenen Körpers ekelt, aber er redet auch sehr gern über sich selbst, und als Steffen sagte, man wisse nicht, wie viele solche Nachmittage vor dem Herbst blieben, an denen man bequem im Freien entspannen und bei einem kühlen Bierchen vorm Späti ein paar wichtige Dinge besprechen könne, fehlte Bernard die Kraft zu widerstehen.

Mittlerweile bereut Steffen ein bisschen, dass er Bernard gedrängt hat, ihm Gesellschaft zu leisten – dessen Gelaber ist heute schlicht zu debil! – und so fragt er, während er durch seinen vom getrockneten Schweiß steifen Vollbart fährt, in leicht genervtem Ton:

»Bedeutungslosigkeit? Was ist das denn für ein Schwachsinn?«

»Sorry, das klang jetzt furchtbar pretentious, oder? Ich weiß nicht, wie ich das ausdrücken soll ... Bedeutung ist natürlich ein unmögliches Wort. Aber ein bisschen Be-

wegung wäre gut, ein bisschen Action, ein bisschen ...« Um was genau es geht, ist gar nicht so leicht zu erklären.
»Na ja ... Ist bei dir sonst alles OK?«, fragt Steffen und runzelt die Stirn. Er erkennt Bernards kryptische Andeutungen als Ausdruck von Unwohlsein, in für Bernard typischer Weise gleichzeitig vage und dramatisch formuliert, und vermutet dahinter ein durchaus klar zu benennendes Problem. »Kann es sein, dass was in der Kanzlei ist? Der Job ist nicht mehr spannend genug, stimmt's? Ich hab dir gleich gesagt, das ist nichts für dich. Oder ist was mit Sylvia?«

»Mit Sylvia? Nein, mit der hat das gar nichts zu tun. Da ist alles perfekt. Zwischen uns ist alles perfekt, meine ich. Aber sonst ... Ich glaube, ich bin einfach an einem Punkt in meinem Leben angelangt, an dem, an dem ich ...« Anstatt den Satz zu beenden, seufzt Bernard. Dem unendlich ernsten Ausdruck auf seinem Gesicht nach zu schließen, soll das etwas bedeuten, aber Steffen hat keine Idee, was das sein könnte. Überhaupt erzählen ihm in letzter Zeit ständig Leute todernst Sachen, die unmöglich zu verstehen sind. Was war das nochmal, das gestern Gary so ernst werden ließ? Steffen überlegt kurz und sagt dann:

»Vielleicht solltest du mal an deiner vollständigen Aushöhlung arbeiten.«

Sylvia und Bernard haben sich vorhin kurz gestritten, als sie sich umzog und er auf dem Bett lag und eine Zigarette rauchte, aber jetzt, in der S-Bahn, mit Bierflaschen in den Händen, lachend über eine Nachricht von Betti, ist alles wieder in Ordnung. Sie sitzen nebeneinander in Fahrtrichtung, Sylvia am Fenster, Bernard am Gang. In einer kurzen Gesprächspause schaut sie hinaus in den Sonnenuntergang, er sieht zu ihr hinüber, erkennt im Fenster vor dem Rot und Schwarz des Abends die gemeinsame Spiegelung und muss lächeln. Weil sie zusammen so gut aussehen. Ein Laden wird eröffnet oder ein Produkt gelauncht, die Wände sind unverputzt, Dinge ausgestellt auf Metallgestellen, Sylvia und Bernard treffen alte Bekannte, sprechen mit ihnen, treffen andere Leute, sprechen mit denen, stehen im Getümmel um die Bar, trinken gesponsertes Bier, im Hof kann man rauchen. Von irgendwoher Musik, die nichts bewirkt, außer lauteres Sprechen zu erzwingen. Alle haben alles schon oft genug gesehen, alle wissen seit langem Bescheid. »Wir sind alle Profis hier«, sagt jemand, und Bernard muss lachen. Er weiß nicht, wer diesen Satz warum gesagt hat, es war nur ein zufällig in seinem Ohr hängengebliebener Soundfetzen, aber er scheint ihm Sinn und Sinnlosigkeit dieses berufsmäßigen Herumhängens perfekt auszudrücken. Als er das denen erzählt, mit denen er gerade ansteht, um mehr gesponsertes Bier zu holen, verstehen sie sofort, was er meint.

Jedes Lachen tut gut, aber eine andauernde Wirkung fehlt. Bernard muss daran denken, wie er vorhin in der S-Bahn die Spiegelung von Sylvia und sich gesehen hat. In der Erinnerung wirkt das Bild wie gestellt. Er nimmt einen großen Schluck von seinem frischen Bier, es ist zu kalt, er bekommt Schluckauf.

Später am Abend, das vorhin besuchte Event ist längst schon wieder halb vergessen, ist jetzt Teil eines Erinnerungskonglomerats aus Bildern unzähliger ähnlicher Ereignisse, stehen Sylvia und Bernard in einer überfüllten Bar, in die sie mit einigen Freunden noch auf ein paar Drinks gegangen sind, und unterhalten sich mit einem Paar, das sie eben beim Anstehen vor der Toilette kennengelernt haben.

Sie ist klein und dünn, hat kurze, seltsam unregelmäßig geschnittene blonde Haare und überall Tattoos, die aussehen wie Gekrakel. Ihr Oberkörper steckt in einem weißen, weiten, ärmellosen Shirt, auf das etwas gedruckt ist, das auch wie Gekrakel aussieht. Das Gekrakel wirkt, als hätte jemand in Paint den Cursor willkürlich hin und her bewegt. Dazu trägt sie schwarze Doc Marten's und sehr kurze Shorts, die nur dann ein bisschen unter dem Shirt hervorschauen, wenn sie die Arme hebt. Ihr Begleiter spricht, während er Strähnen seiner dunklen und grauen, vorne langen und hinten kurzen Haare aus dem Gesicht streicht, darüber, wie sexy er Beate Zschäpe findet, darüber, wie sie die beiden Uwes, die ihr sexuell hörig gewesen seien, in ihrem wunderbar gemütlichen Nazi-Versteck dazu gezwungen habe – obwohl die beiden total, absolut, hundertprozentig hetero gewesen seien – sich gegenseitig einen runterzuholen, wie sie unterdessen in SS-Uniform und mit Schäferhund daneben gestanden und Wache gehalten habe. Die vollgekrakelte Blonde sagt:

»Dieser ganze Nazi-Fetisch wird langsam ein bisschen lame, Gary.«

Bernard findet Zschäpe zwar nicht sexy, dafür aber Gary einigermaßen witzig. Er grinst betrunken, nimmt noch einen Schluck Gin Tonic. Sylvia findet, Aggy – so heißt anscheinend Garys Freundin, Bernard hat das noch nicht mitbekommen, bei so was ist Sylvia viel besser als er – Sylvia findet also, Aggy habe recht, das sei wirklich ein bisschen lame. Aggy und Gary schreien sich an. Bernard muss daran denken, worüber Sylvia und er sich gestritten haben, bevor sie losgegangen sind. Sylvia war sauer, weil er vergessen hatte, Klopapier zu kaufen. Bernard sagte ihr, das sei doch nicht so schlimm, weil noch ein paar Rollen da seien, aber sie sagte, darum gehe es nicht, nein, das beschissene Klopapier sei ihr doch scheißegal, das Problem sei, dass er ihr nicht zugehört habe. Dabei war das Quatsch, natürlich hatte er ihr zugehört. Nur hatte er es halt wieder vergessen. Sylvia sagte, das sei das Gleiche, Bernard widersprach, das sei überhaupt nicht das Gleiche, und Sylvia gab ihm recht, das sei nicht das Gleiche, das sei noch viel schlimmer. Bernard setzt sein Glas an, aber es ist leer. Gary klopft ihm auf die Schulter, krempelt die Ärmel seines schwarzen Hemds runter und gleich wieder hoch, sagt aufmunternd:

»Kopf hoch, Mann, diese Bitches verstehen einfach nicht. Komm, wir holen noch ein paar Drinks.«

Bernard nickt, folgt Gary. Auf dem Weg zur Bar merkt er, dass er schon ziemlich betrunken ist. Wahrscheinlich wäre es besser, jetzt mit dem Trinken aufzuhören, morgen muss eine Menge erledigt werden, und es ist schon ziemlich spät, aber da es doch gerade so lustig ist, da Bernard so viel Spaß wie jetzt gerade schon seit Tagen nicht mehr hatte, entscheidet er, dass ein letzter Gin Tonic noch in Ordnung geht. An der Bar führt Gary, während sie auf die Getränke warten, seinen Gedanken von eben fort:

»Weißt du, wieso diese Bitches nicht verstehen? Weil sie so hohl sind! Das ist ihr Vorteil, das ist ihre Tragik. Weil sie so hohl sind, haben sie es nicht so schwer mit der vollständigen Aushöhlung. Aber weil sie so hohl sind, missverstehen sie die Aushöhlung, sie bilden sich ein, die Aushöhlung hätte ein Ziel. Das ist natürlich nur bedingt richtig. Und die Bedingungen, die verstehen sie nicht. Hast du eine einigermaßen klare Vorstellung davon, wie viel Schwanz in eine Bitch passt? Nein? Dann solltest du unbedingt mehr Pornos gucken. Ich sage dir, du machst dir kein Bild. Das hört gar nicht mehr auf! Selbstverständlich können diese enormen Schwanzmengen nur in die Bitches passen, weil sie so hohl sind. Das ist der Beweis. Klar, oder? Und exakt deshalb haben diese Bitches kein Verständnis für die extrem verfeinerten Techniken, die wir«, an dieser Stelle legt Gary den Arm um Bernard, »anwenden müssen, um die vollständige Aushöhlung zu erreichen.«

Diese Erläuterungen erscheinen Bernard sehr instruktiv. Irgendwie macht, was Gary sagt, jede Menge Sinn. Falls er sich morgen, wenn er nüchtern ist, noch daran erinnern kann, muss er unbedingt mal länger darüber nachdenken.

Wie üblich ist wahnsinnig viel zu tun. Arbeit und Soziales fallen Bernard leicht wie immer, aber dennoch, ohne dass er dafür einen Grund ausmachen kann, empfindet er eine beklemmende Unzufriedenheit. Ständig werden Botschaften ausgetauscht, Verbindungen geknüpft, Geschäfte gemacht, Erfolge gefeiert. Ihm ist nicht langweilig, überhaupt nicht, auch wenn Steffen das nicht so sehen mag, Bernards Leben ist extrem spannend. Aber vielleicht macht es nicht mehr so viel Spaß wie früher. Zwischendurch erinnert er sich immer wieder, ungefähr zwei- oder dreimal pro Tag, an das Zusammentreffen mit Aggy und Gary. Während er beispielsweise mittags mit seinen Kollegen in einem Kaffee- und Suppenladen steht und Suppe löffelt, und während seine Kollegen eingehend über die Nasenhaare eines Mandanten diskutieren, mit dem sie eben ein Meeting hatten, währenddessen denkt Bernard, anstatt sich, wie er es sonst tut, rege am Gespräch zu beteiligen, währenddessen denkt er daran, wie Gary erklärte, Sex habe man ausschließlich mit sich selbst, aber er dürfe nie nur der eigenen Befriedigung dienen, sondern müsse notwendigerweise die Vernichtung eines Anderen zum Ziel haben. Und wie Aggy dazu zustimmend genickt und Bernard angeschaut hat, mit einem aufmerksamen, herausfordernden Ausdruck auf dem Gesicht. Diese Begegnung hatte so etwas … Da war so etwas wie eine neue Struktur, die es sonst nicht gibt in Bernards Leben. Die er aber interessant findet, anziehend sogar. Diese Gedanken tauchen völlig überraschend auf – als er am Waschbecken steht und sich die Hände wäscht, als er an einer roten Ampel wartet, als er an der Supermarktkasse sein Portemonnaie hervorholt – und schieben sich ohne besonderen Anlass in den Vordergrund, verschwinden dann wieder. Eine Weile glaubt Bernard, das habe etwas zu bedeuten, da werde noch etwas geschehen. Was auch immer. Was genau er sich erhofft, ist gar nicht so leicht zu erklären. Etwas Erhebendes wäre gut, ja, sich erheben, das wünscht er sich, schlußendlich schweben, weit über all dem Schmutz, mit dem er sich jetzt herumschlagen muss. Manchmal stellt er sich vor, wie er von einer erhabenen Position aus seine Umgebung überblickt und endlich im vorher unentwirrbaren Geflecht der Linien ein Muster erkennt. Aber nichts geschieht, und irgendwann, nach zwei oder drei Wochen, kommen die Gedanken nicht mehr. Völlig vergessen hat er Aggy und Gary natürlich nicht, doch tauchen sie nicht mehr unvermittelt an der Oberfläche seines Bewusstseins auf, dort versammeln sich erneut ausschließlich die üblichen Überlegungen zu seinem nächsten Gerichtstermin, der Tischreservierung für den Abend, dem immer noch nicht fertig geschriebenen Artikel für die juristische Fachzeitung, der Planung des Wochenendes, dem neuen Wintermantel, den zu kaufen es bald Zeit wird. Und dann erreicht ihn, als er gerade an seinem Schreibtisch sitzt und einen Schriftsatz diktiert, eine Nachricht von Aggy, die später in der Nähe seines Büros sein wird und fragt, ob sie nicht einen Kaffee zusammen trinken wollen. Klar, wieso nicht, er hat zwar viel zu tun, aber das kann er auf jeden Fall dazwischen schieben.

Die Antwort in sein Telefon tippend erinnert sich Bernard daran, wie er vor ein paar Tagen abends mit Steffen in einer Bar saß und über Menschen mit nicht eindeutigem Geschlecht sprach. Bernard erwähnte, Aggy sei eine von diesen kleinen Elfenbitches, bei denen man auf den ersten Blick nicht sicher wisse, ob das eine Frau sei oder ein hübscher

Junge, woraufhin Steffen grinste und bemerkte, es komme ihm so vor, als hätten alle Themen des Abends auf die eine oder andere Weise mit dieser Aggy zu tun. Er wollte sich nichts anmerken lassen, wechselte schnell das Thema, aber insgeheim ärgerte er sich und fand, Steffen hätte ihn nicht gleich in Verlegenheit bringen müssen, nur weil er nach fast drei Jahren mit Sylvia einmal – einmal! – von einer anderen Frau sprach. Diese Aggy, denkt Bernard jetzt weiter, als er sein Telefon wieder auf den Schreibtisch legt, die ist aber auch echt was total Anderes als Sylvia. Aggy ist so klein und mager, irgendwie niedlich und zugleich abstoßend, ein struppiges Tierchen mit großen Augen und spitzen Zähnen. Während Sylvia einem manchmal fast ein bisschen Angst machen kann. Wegen ihrer ganzen Schönheit und dieser perfekt getunten Gliedmaßen. Wenn Bernard an ihren Arsch denkt, läuft ihm ein Schauer den Rücken hinunter. Das Ding ist hart wie Beton. Natürlich ist das geil, aber auch erschreckend.

Später sitzen Aggy und Bernard vor einem Café. Eigentlich ist es heute, wie Aggy anmerkt, nicht warm genug, aber weil sie rauchen will, sitzen sie trotzdem hier draußen. Aggy hat die Kapuze ihres ausgewaschenen Hoodies auf und wickelt sich mit hochgezogenen Schultern fest in ihren dunkelgrünen Parka. Bernard, der sich selbst nicht besonders an der Temperatur stört, meint sogar, beim Ziehen an der Zigarette ein leichtes Zittern ihrer Hand zu erkennen. Obwohl beide sich Mühe geben, will das Gespräch zunächst nicht in Gang kommen, schleppt sich schwerfällig dahin. Ihre einzige bisherige Begegnung, die tief in den sumpfigsten Bezirken der Nacht stattgefunden hat, bietet bei Tageslicht nicht genug Anknüpfungspunkte für eine ungezwungene Unterhaltung. Erst als sie feststellen, dass sie gemeinsame Bekannte haben, wird es besser, sie lachen über ein extra bescheuertes Erlebnis von Betti, über den lächerlichen Akzent von Lyle, der kleinen Schwuchtel, kommen anschließend auf ein allgemeineres Thema zu sprechen, finden endlich in eine angenehme Konversation, einen lockeren Austausch von Meinungen, Scherzen, Erfahrungen. Dann beginnt Aggy von Gary zu sprechen. An ihrer homemade lemonade nippend schaut sie Bernard über den Rand ihrer Sonnenbrille an und erzählt, Gary suche wie besessen nach einer Welt hinter den Spiegeln. Er bemühe sich um seine vollständige Aushöhlung. Nur so könne er sich einem Zustand der inneren Reinigung annähern, der ihm erlaube, den geheimen Code zu lesen. Bernard fällt ein, dass Gary schon damals in der Bar von Aushöhlung gesprochen hat. Irgendwie hatte die mit Bitches, die enorme Schwanzmengen wollen, und irgendwie gleichzeitig mit Nazis und Schäferhunden zu tun. Und hat nicht auch Steffen mal was von Aushöhlung erzählt? Bernard fragt sich, was alle damit haben, und ob er vielleicht etwas verpasst hat. Dann interessiert ihn das nicht mehr so richtig, er hört nur noch halb zu, betrachtet stattdessen Aggy. Er beginnt bei ihren übereinandergeschlagenen Beinen, heute in schwarzen Leggins, denkt daran, wie er die schon mal beinahe nackt gesehen hat, im Halbdunkel dieser Bar, nur wenige Zentimeter von extrem kurzen Shorts verdeckt, er weiß, sie sind dünn, dabei nicht sehr muskulös, und über und über tätowiert mit diesem scheinbar willkürlichen Gekrakel. Einige erratische Linien sind auch jetzt auf dem schmalen Streifen Haut zwischen Leggins und Turnschuhen sichtbar. Bevor Aggy auffallen kann, dass er auf ihre Beine starrt, hebt er seinen Blick, überlegt, wie wohl Brüste und Taille aussehen unter diesem weitem Oberteil, das sie anhat. Ob sie auch dort tätowiert ist? Aggy macht eine Pause, schiebt ihre Sonnenbrille, über deren Rand hinweg sie ihn bis jetzt angesehen hat, hoch, ihre Augen verschwinden hinter den dunklen Gläsern, fragt: »Sag mal, Bernard, willst du mich ficken?«

Bernard fühlt sich ertappt, hofft, dass er nicht rot wird oder anfängt zu schwitzen. Mühsam unterdrückt er den Drang, Unsinn zu stammeln, einen dummen Scherz zu versuchen, nimmt stattdessen einen Schluck Kaffee und sieht Aggy an, als erwarte er, dass da noch etwas kommt, als wähne er sich noch in einem normalen Gespräch. Sie wendet das Gesicht ab, sagt:

»Fuck ... Ich weiß nie, wie ich beginnen soll ... Ich versuch es noch mal so: Du und deine Freundin, ihr gefallt Gary und mir.« Danach dreht sie sich zurück zu ihm und senkt ihr Kinn, sodass sie ihn abermals über den Rand ihrer Sonnenbrille anschauen kann. Bernard weiß mit diesem Kompliment nicht mehr anzufangen als mit der Frage eben, hat aber das Gefühl, die richtige Erwiderung sei nicht etwas Lahmes wie ›Wir finden euch auch super‹, schweigt daher immer noch, sucht in seinen Taschen nach einer Zigarette. Aggy spricht weiter:

»Ja ... Ihr seid echt sweet. Und es gibt da so eine Sache, die wir manchmal machen, wenn wir Paare kennenlernen, die uns gefallen. Eine Art Spiel.«

Nach wie vor ist Bernard sich nicht sicher, wo das hinführen wird, aber die Situation erregt ihn. Sein Herz klopft, sein Penis bewegt sich. Er lehnt sich zurück, versucht möglichst entspannt zu wirken, zündet seine Zigarette an.

»Alle Spieler müssen sich an die Regeln halten. So bestimmt es der geheime Code«, sagt Aggy. »Es geht nur, wenn ihr es beide wollt. Aber ihr dürft nicht darüber sprechen. Es dauert nur so lange, bis Gary und ich fertig sind. Dann ist Schluss, da gibt es keine Diskussion. Gary fragt Sylvia, ich frage dich. Die Reihenfolge erfahrt ihr nicht, genauso wenig die Antwort des anderen. Wenn ihr beide down damit seid, geben wir in ein paar Tagen Bescheid. Sonst hört ihr nichts mehr von uns. Die wichtigste Regel ist, dass ihr nicht darüber sprechen dürft. Nie. Ihr dürft euch nicht mal Zeichen geben oder so. Wenn ihr miteinander seid, dürft ihr nichts davon wissen. Diese Regeln sind sehr wichtig. Wenn man sich nicht an sie hält, kann das furchtbare Folgen haben.«

Langsam Rauch ausblasend schaut Bernard in Aggys ausdrucksloses Gesicht. Jetzt wird er ihre Frage wohl beantworten müssen.

Am Sonntagnachmittag spazieren Sylvia und Bernard durch den Park, Pappbecher mit Kaffee in ihren Händen, und genießen die Sonne. An den Bäumen sieht man schon ein paar gelbe und rote Blätter, aber heute ist es noch mal warm genug, um ohne Jacke draußen zu sein. Sylvia trägt enge schwarze Jeans, einen oversized Sweater und Air Max. Sie ist ungeschminkt und hat ihre Haare zu einem lockeren Knoten geschlungen. Bernard sieht sie an und denkt, dass sie ihm immer gefällt, aber nie besser als an Tagen wie heute, an denen sie sich überhaupt keine Mühe gibt. Weil das die Momente sind, in denen ihr gutes Aussehen, obwohl es ohne intensives Styling nur noch intensiver hervortritt, dennoch weicher als sonst wirkt, weniger aggressiv. Zwar hält Bernard sich selbst auch für ziemlich gutaussehend – er hat sehr gute Brust- und Bauchmuskeln und ein markantes Kinn und diese blonde Stirnlocke, die ihn trotz seines großen, erwachsenen Körpers verschmitzt-jungenhaft wirken lässt – aber manchmal fragt er sich dennoch, was andere Leute denken, wenn sie ihn neben Sylvia sehen, ob sie finden, dass die beiden perfekt matchen, oder ob das Urteil eher lautet, da habe jemand ein bisschen Glück gehabt. Sylvia erzählt von einem neuen Projekt, dessen Leitung sie übernommen hat. Da müssen in nächster Zeit sehr viele Sachen koordiniert werden, wahrscheinlich muss sie auch mehrmals nach New York fliegen. Bernard nickt, lächelt, hört aber nicht richtig zu. Weil er sich gerade daran erinnert, wie er neulich mit Aggy vor dem Café saß, wie sie ihn über den Rand ihrer Sonnenbrille ansah, wie sie ihm den Vorschlag machte. Seitdem ist nichts geschehen – nichts physisches jedenfalls – dennoch ist sein Leben nicht mehr dasselbe wie vorher. Er beobachtet Sylvia und fragt sich, ob sie noch dieselbe ist.

Bernard hatte dem Vorschlag nach kurzem Überlegen zugestimmt. Nicht weil er das vorgeschlagene Spiel wirklich spielen wollte, sondern nur aus Höflichkeit. Und weil er sich sicher war, dass es dazu gar nicht kommen würde. Schnell hatte er den Ablauf im Kopf durchgespielt: Er stimmte zu, Aggy berichtete das Gary, der sprach mit Sylvia, natürlich ohne ihr zu erzählen, dass Bernard schon zugestimmt hatte. So sahen die Regeln es vor, so hatte Aggy es ihm erklärt. Sylvia lehnte ab. Sie würde definitiv ablehnen, sehr nett und charmant, aber ohne Zweifel würde sie ablehnen. Ein derartiger Ausbruch aus den üblichen Formen war einfach nichts für sie. Später würde Sylvia ihm davon erzählen, mit einem halb beschämten, halb belustigten Grinsen, und gemeinsam würden sie sich darüber amüsieren, auf was für verrückte Ideen manche Leute kamen. Wie er sich entschied, war somit egal, langes Grübeln unnötig. Wozu in Betracht ziehen, Aggy zu enttäuschen? Das wollte er nicht, das erschien im gemein und unnötig. Als sie so vor ihm saß, mit diesem ausdruckslosen, blassen Kindergesicht, hinter dem sich der dringende Wunsch verbarg, hart von ihm gefickt zu werden, wollte er nichts lieber, als ihr diesen Gefallen zu tun. Nicht weil er so geil auf sie war – obwohl er sie schon anziehend fand, das schon, klar – und auch nicht, jedenfalls nicht nur, weil er geschmeichelt war und weil es gut war, von dieser Frau begehrt zu werden. Was ihn am meisten anzog, war die Art, wie sie ihn gefragt hatte. So nüchtern, fast geschäftsmäßig. Zwar war es für Bernard nichts Neues, dass Frauen mit ihm flirteten, das passierte ihm häufiger, meist nachts, in Bars oder Clubs, wenn alle vergiftet und enthemmt waren. Aber so wie Aggy, so hatte ihn bisher noch keine angesprochen. Weil er das wahnsinnig souverän fand, wollte er ihr, wenn er sie schon nicht ficken konnte, wenigstens zeigen, wie beeindruckt er war.

Als er aus seinen Erinnerungen zurück in die Gegenwart wechselt, bemerkt Bernard: Sylvia hat in der Zwischenzeit weitergeredet, spricht über Details ihres Projekts, die er, weil er nicht aufgepasst hat, nicht einordnen kann. Er muss nachfragen, sie schüttelt leicht genervt den Kopf, erklärt noch einmal die Zusammenhänge. Er hat Schwierigkeiten sich zu konzentrieren. Wie schafft Sylvia das bloß, so normal zu bleiben? Sicher merkt man ihm seine Nervosität an. Zu gerne würde er etwas sagen, mit Sylvia sprechen, sie ausfragen über ihr Gespräch mit Gary, erfahren, wie sie zu ihrer Entscheidung gekommen ist.

Aber das wäre ja ein Verstoß gegen die Regeln. Diese verdammten Regeln. Bernard versteht zwar deren Sinn – schließlich ist er Anwalt! – dennoch empfindet er sie als ganz große Gemeinheit. Kann es wirklich richtig sein, dass er nicht wissen darf, was in Sylvia vorgeht? Hat er darauf als ihr Partner nicht Anspruch? So bleibt ihm nur zu vermuten, dass es ihr geht wie ihm, dass auch sie von einer Mischung aus Angst und Vorfreude erfüllt ist. Diese Gefühle beherrschen Bernard seit einem Tag vollständig, denn alles woran er denken kann, ist die Nachricht, die er gestern von Aggy bekommen hat: ›It's on.‹

Sonst ist es Bernard sehr wichtig, frisch zu riechen. Shampoo, Duschgel, Aftershave, Parfum, Zahnpasta, Kaugummi, Waschmittel, Weichspüler. Heute jedoch genießt er den Geruch seiner ungeduschten, unparfümierten Haut. Und besonders die Spuren von Aggy, die er darin noch wahrzunehmen meint. Ungeöffnete Nachrichten häufen sich in seinem Posteingang, das Telefon ist umgestellt auf seine Sekretärin, er will heute Nachmittag nicht gestört werden. Weit in den Bürosessel zurückgelehnt und mit den Füßen auf dem Schreibtisch denkt er an das, was eben in einem Hotelzimmer einige hundert Meter von hier geschehen ist. Er denkt an Aggys kleinen, mageren Körper, fast kindlich, mit nur den allerkleinsten Andeutungen von Brüsten und Hüften, vom Hals bis zu den Füßen bedeckt mit diesem Gekrakel. Er denkt daran, wie er seinen Penis so tief in ihren Mund gesteckt hat, dass ihr Tränen in die Augen traten, wie sie ihn dabei an sich gezogen hat, ihn noch tiefer in ihrem Hals haben wollte. Er denkt daran, wie er sie dann gefickt hat, mit einer Heftigkeit, von der er nicht weiß, ob er sie schon einmal in einem sexuellen Akt gebracht hat, oder überhaupt in irgendeinem Teil seines Lebens. Er hat sie gefickt, als wolle er ihre Knochen zerbrechen wie dürre Zweige. Ihre Oberarme von hinten fest umklammernd, ihre Schultern weit zurückbiegend, ohne jede Zurückhaltung gegen ihren knochigen Arsch hämmernd dachte er, seine Stöße müssten jederzeit die Wirbelsäule, die er vor sich aus dem schmalen Rücken hervortreten sah, zersplittern lassen. Doch tatsächlich gleichen ihre Knochen wohl eher Drahtstücken, überlegt er jetzt, eher Drahtstücken als Zweigen, Drahtstücken, die sich mühelos verformen lassen, statt wie Zweige beim Biegen an einem bestimmten Punkt zu bersten. Bernards Penis ist steinhart. Er würde sich gerne einen runterholen, aber mit diesem Ständer kann er unmöglich den Flur bis zu den Toiletten runtergehen. Nachdem er eine Weile versucht hat, sich mit Arbeit abzulenken, schweifen seine Gedanken erneut ab. Er muss an Sylvia und Gary denken. Ob die beiden wohl auch schon Sex hatten? Bernard bildet sich nicht ein, dass er Sylvia das anmerken würde. Dafür glaubt er, sie wird heute Abend merken, dass bei ihm etwas passiert ist. Aber natürlich wird sie nichts sagen. Wegen der Regeln. Was Gary wohl anstellt mit ihrem durch jahrelange kohlenhydratfreie Ernährung und zahllose Trainerstunden top optimierten Body? Diesem Gary wird da sicher Einiges einfallen. Jedenfalls hat Aggy sich kein bisschen beeindruckt gezeigt von der Wucht, mit der Bernard sie attackiert hat. Wahrscheinlich ist sie sonst ganz andere Sachen gewohnt. Bernard stellt sich vor, wie Gary Sylvia rücksichtslos demütigt und wie eine billige kleine Nutte durchnimmt. Davon wird er schon wieder extrem geil.

Bernard steht an einer Straßenecke und wartet auf Aggy. Er macht sich Sorgen, sie werde nicht kommen. So geht es ihm jedes Mal, wenn er auf sie warten muss, und sie lässt ihn immer warten. Er denkt daran, wie er sie vor ein paar Tagen in der gelb gekachelten Dusche eines heruntergekommenen kleinen Hotels mit erbarmungsloser Härte in ihr Arschloch gefickt, wie er den Schlauch der Dusche um ihren Hals gelegt und immer enger zusammengezogen hat. Bis von ihrem Wimmern nur noch ein Röcheln übrigblieb. Bei der Erinnerung entfährt ihm ein leises Seufzen, und er kann es kaum erwarten, in ein paar Minuten abermals etwas Ähnliches mit ihr anzustellen. Gleichzeitig weiß er, es könnte auch sein, dass es dazu nicht kommen wird, dass das Spiel heute vorbei ist, ohne Vorwarnung, ohne Erklärung. So sind die Regeln. Und trotz der ständigen Unsicherheit, trotz der Angst vor der ganz großen Enttäuschung, die gerade einige Schweißperlen auf seine Stirn treten lässt, als er sich ausmalt, wie unerträglich unbefriedigend es wäre, nie mehr sein Sperma in Aggys weit aufgesperrten Rachen schießen zu dürfen, trotz dieser Tortur ist er froh, dass es die Regeln gibt. Sie haben, das hat er mittlerweile gelernt, eine seltsame, beinahe unheimliche Kraft, sie verwandeln die Dinge. Aggy und er sehen sich seit einigen Wochen regelmäßig, meist tagsüber, wenn er in seinem Kalender ein oder zwei Stunden Platz schaffen kann. Sie treffen sich in wechselnden Hotels, haben dort Sex, nicht mehr so wild und verzweifelt wie beim ersten Mal, dafür immer ausführlicher und grausamer.

Bernard schaut auf sein Telefon, Aggy hat jetzt 15 Minuten Verspätung. Wenn sie nicht bald aufkreuzt, wird es verdammt knapp, denn unaufhaltsam naht sein nächster Termin, und den sollte er besser einhalten, schon zu oft hat er in letzter Zeit gecancelt. Dann denkt er daran, wie sie neulich gefickt haben, nachdem Aggy Joggen war, wie er ihr ihre verschwitzten Socken in den Mund gestopft und anschließend die Nase zugehalten hat, bis sie lila anlief. Sorgfältig wägt er noch einmal ab und kommt dann zu dem Schluss, dass er den Termin doch canceln oder wenigstens verschieben sollte. Schnell schreibt er eine Nachricht an seine Sekretärin. Nachdem das abgehakt ist, überlegt er, wie es wäre, wenn er Aggy kurz vor seinem Höhepunkt ersticken und anschließend auf ihre frische Leiche spritzen würde. Diese Vorstellung erschreckt ihn etwas, früher hatte er solche Fantasien nicht, zugleich macht sie ihn aber auch fürchterlich geil, er hofft, dass die vorüberlaufenden Passanten nicht bemerken, wie seine Erektion den Stoff der Anzughose spannt. Natürlich ist das nur eine Fantasie, er ist sich sicher, dazu wird es nie kommen. Zwar geht es, wie Gary damals in der Bar erklärt hat, um Vernichtung, ja, das Ziel von Sex muss immer die Vernichtung anderer sein, das ist absolut essentiell. In diesem Zusammenhang meint Vernichtung aber, soviel hat Bernard inzwischen begriffen, nicht die körperliche Auslöschung, sondern etwas Anderes, das schwer zu benennen oder beschreiben ist, einen geheimnisvollen Vorgang, einerseits Teil des Spiels, andererseits darüber hinausweisend.

Noch einmal schaut er auf sein Telefon und sieht, er hat eine Nachricht erhalten, allerdings, wie sich herausstellt, nicht von Aggy, sondern von Sylvia, die fragt, ob er heute Abend zu einem Essen mit einigen ihrer Kollegen mitkommen will. Während er eine Antwort in sein Telefon tippt, überlegt Bernard, eigentlich müsste er jetzt ein schlechtes Gewissen bekommen, aber es ist so, wie er Steffen am vergangenen Wochenende bei Bettis Geburtstag gesagt hat: Die Regeln bewahren ihn davor.

Steffen und er standen zusammen auf dem Balkon und rauchten, und Bernard, der schon einige Drinks und auch ein paar Balken Weißes intus hatte, berichtete mit atemloser Begeisterung von dem Spiel, das Aggy, Gary, Sylvia und er spielten. Zu seiner ehrlichen Verwunderung schienen diese Ausführungen sein Gegenüber nicht zu überzeugen. Steffen strich durch seinen Bart, schaute Bernard skeptisch an, fragte:

»Du meinst wirklich, das funktioniert?« Höchst erregt entgegnete Bernard:

»Na klar! Hast Du mir nicht zugehört? Das ist ein perfektes System! Solange ich mich an die Regeln halte, ist alles erlaubt. Stell dir ein Spielfeld vor, auf dem ich mich völlig frei bewege. Das Körperliche wird so leicht, das ist unglaublich.« Kurz hielt Bernard inne, irritiert von Steffens nun weniger kritischen als verständnislosen Blicken, merkte dann aber, es kümmerte ihn gar nicht, ob Steffen ihm folgen konnte, er wollte einfach nur reden, in einem wilden Schwall hell glitzernder Wörter sein Glück beschreiben. »Die Ereignisse, die durch die besondere Konstruktion der Regeln möglich werden, erlebe ich als pure, reine Form von Sex, sie verschaffen mir Distanz zu den gewohnten Strukturen, jeder Höhepunkt trägt mich weiter nach oben. Wir nennen es ein Spiel, aber es ist ein einziger Jackpot! Du bist nicht nur ein Spieler, du bist eher die Bank. Weißt du, was das bedeutet? Du gewinnst immer!«

Was Bernard für sich behielt: Indessen er die letzten, seiner Meinung nach äußerst cleveren und tiefsinnigen Sätze sagte, hörte er hinter sich ganz deutlich das Rauschen gewaltiger weißer Schwingen. Kalt und prickelnd wie ein euphorisch hinuntergestürztes Glas Champagner durchströmte ihn die Gewissheit, dass das Spiel mehr war als eine einzigartige Möglichkeit, ohne Komplikationen und Dramen Sex mit verschiedenen Partnern zu haben, dass es damit eine höhere Bewandtnis hatte, die derartige Banalitäten weit überragte. Was wohl hinter den Begrenzungen des Spielfelds lag? Er sprach die Frage nicht aus, denn er wusste, damit würde er Steffen endgültig überfordern. Wie viel Mühe Bernard sich auch beim Erklären gab, sein armer Freund war schlicht nicht in der Lage, die komplexen Zusammenhänge eines solchen Kalibers zu durchdringen. Und so verstummte Bernard, sah hinunter auf die nächtliche Straße, erfüllt von dem Bewusstsein, dass er sich unterschied von den gewöhnlichen Menschen, die dort hin und her liefen, beschäftigt mit ihren Dates und Telefonen und Problemen, dass er auf glorreiche Weise allein war mit seinem Wissen um die ungeheure Wichtigkeit des Konzepts einer solchen Überschreitung. Der gegenwärtige Exzess war nur der Beginn, bald würde er das Andere dahinter erreichen. Oder vielleicht auch nicht dahinter – das klang nach Metaphysik, und Bernard hatte sich nie für Religion interessiert – statt dahinter befand sich das Unbekannte vielleicht eher dazwischen, zwischen den eng verflochtenen Linien, die das Spielfeld bildeten. Versonnen lächelnd stellte er sich vor, wie er dorthin gelangte, indem er ein bestimmtes Spielzeug auf die richtige Weise verwendete. Bevor er sich jedoch tiefer in diese Metapher versenken konnte, riss ihn Steffens Stimme zurück, die – immer noch mit ungläubigem Unterton – fragte:

»Und es macht dir nichts aus, dass Sylvia sich jetzt regelmäßig von Gary ficken lässt?«

»Nein, überhaupt nicht. Das turnt mich sogar an.«

Da hat er die reine Wahrheit gesagt und auch nichts verschwiegen, stellt Bernard zufrieden fest, derweil er rechts und links die Straße hinunterschaut, zwischen den vorbeiziehenden Gesichtern Aggy sucht.

Mit Sylvia läuft es besser als je zuvor, er ist ohne Ende scharf auf sie. Er ist sich sogar sicher, Sylvia und er haben zurzeit so viel Sex wie seit den ersten Tagen ihrer Beziehung nicht mehr. Bevor das Spiel begann, hat es ihn etwas genervt, dass Sex mit Sylvia immer wie ein Kampf ist, dass sie im Bett so aggressiv und fordernd ist. Aber jetzt kickt ihn das wieder. Weil das so ein interessanter Kontrast ist zum Sex mit Aggy, die seine Brutalitäten ohne jede Gegenwehr, fast unbeteiligt über sich ergehen lässt. Allerdings wüsste er gerne, was Sylvia und Gary eigentlich zusammen anstellen. Durch die blauen Flecken, die sich über Aggys Tätowierungen legen und so das Muster auf ihrem Körper vervollständigen, sind Bernards Fortschritte akkurat dokumentiert. An Sylvia sind dagegen keine fremden Spuren zu entdecken. Vielleicht, erwägt Bernard, war seine erste Vermutung, Gary nehme Sylvia hart ran, falsch, vielleicht lässt er sich von ihr dominieren. Er stellt sich vor, wie Gary nackt an einem Tisch sitzt. Sylvia, ebenfalls nackt bis auf einen riesigen schwarzen Strap-on-Dildo, kommt ins Bild, stellt eine Schüssel mit Cornflakes vor Gary, übergießt sie aus einer gläsernen Karaffe mit schäumendem Urin. Sie befiehlt Gary aufzuessen. Nachdem er fertig ist, fickt sie ihn. Bernard selbst hat auf so was zwar keine Lust, aber die Vorstellung macht ihn trotzdem horny, er würde da gerne mal zugucken.

Als er sein Telefon erneut aus der Tasche ziehen will, um noch einmal nachzusehen, wie spät es ist, steht plötzlich Aggy neben ihm und stößt ihn in die Seite. Er dreht sich zu ihr, greift sie an den Hüften und küsst sie flüchtig auf den Mund. Dabei bemerkt er, dass sie ein blaues Auge hat. Er fragt:

»Hast Du das von Gary?« und merkt zu spät, dass er damit Einmischung, Besitzanspruch, sogar Kritik an Gary impliziert. Obwohl ihn das einfach nur interessiert. Weil er sich gerade Gedanken darüber gemacht hat, ob Gary eher auf Austeilen oder Einstecken steht. Aggy lacht spöttisch und kalt, sagt:

»Bin gegen 'ne Tür gelaufen.«

Jetzt fällt Bernard auf, das blaue Auge ist gar nicht echt, sondern nur aufgemalt. Er grinst, schüttelt erst den Kopf, nickt dann, sagt:

»Steht dir jedenfalls sehr gut. Wo wollen wir hin? Ich hab nicht mehr viel Zeit.«

Aggy antwortet nicht, sondern nimmt Bernards Hand und zieht ihn hinter sich her. Sie gehen ein paar Blocks ohne viel zu sprechen. Bernard denkt, dass es in letzter Zeit doch recht kalt geworden ist. Zum Glück hat er sich vor ein paar Tagen einen wunderbar warmen Dufflecoat gekauft. Nach einer Weile biegt Aggy ab, zieht ihn unter einem Torbogen hindurch. Sie kennt sich hier anscheinend gut aus, durch ein Gewirr aus Gängen und Höfen führt sie Bernard zielstrebig zu einem alten Fabrik- oder Lagergebäude, betätigt einen Klingelknopf ohne Klingelschild, der neben einer Metalltür in der dunkel verfärbten Backsteinwand sitzt. Ein Buzzer ertönt, Aggy öffnet die Tür, dahinter ist eine Fahrstuhlkabine. Auf der Fahrt nach oben überlegt Bernard, was deren Ziel sein könnte. Vielleicht eine geheime Bar? Ein illegaler Club? Etwas ganz Anderes, auf das er niemals kommen würde? Bei Aggy muss man ja auf alles gefasst sein. Er malt sich verschiedene drastische Szenarien aus, um auf alles gefasst zu sein, aber am Ende der Fahrt erwartet ihn nur eine riesige leere Halle, in deren Mitte auf dem Betonfußboden ein Quader aus MDF-Platten steht. Aggy sagt:

»Das ist eine meiner liebsten Arbeiten von Gary. Sie heißt ›Raum in einem Raum, Tür hinter einer Tür‹.«

Jetzt versteht Bernard: Die Halle ist offenbar in einer Art Ausstellungsraum, der Quader ein Kunstwerk. Aggy geht zu dem Quader hin, Bernard folgt ihr. Die Kanten des Quaders sind ungefähr vier Meter lang. Er wird angestrahlt von vier Scheinwerfern, die ungefähr vier Meter von den Seiten entfernt auf Stativen stehen. In eine der Seiten des Quaders ist eine Tür eingelassen. Aggy sagt:

»Du musst die Tür öffnen.«

Bernard öffnet die Tür und sieht, dahinter ist noch eine Tür. Er steckt seinen Kopf durch die erste Tür und stellt fest, die zweite Tür ist eingelassen in einen weiteren Quader, dessen Kanten ungefähr drei Meter lang sind. An den inneren Kanten des äußeren Quaders sind Leuchtstoffröhren angebracht, die den Zwischenraum hell erleuchten. Er versucht die zweite Tür zu öffnen, aber sie ist verschlossen. Aggy sagt:

»Wir müssen jetzt gehen.«

Enttäuscht folgt Bernard ihr zurück zum Fahrstuhl. Er hat gehofft, Aggy würde sich in Garys Kunstwerk von ihm ficken lassen, aber anscheinend wollte sie es ihm nur zeigen. Draußen auf der Straße fragt Aggy:

»Was glaubst Du, was ist hinter der zweiten Tür?«

»Wahrscheinlich noch ein Raum, noch eine Tür, dahinter noch ein Raum ... Unendlich.«

»Kann sein ... Aber wieso ist die Tür verschlossen?«

»Die verschlossene Tür ermöglicht die Vorstellung von Unendlichkeit.«

»Nein.«

Aggy schüttelt den Kopf, lacht wieder spöttisch, und Bernard weiß, er hat wieder etwas nicht richtig verstanden. Wie vorhin die Sache mit dem blauen Auge. Er sucht noch nach einer witzigen Bemerkung, mit der er seine Verlegenheit überspielen kann, da sagt Aggy:

»Willst Du wissen, was ich glaube, was hinter der verschlossenen Tür ist? – Dahinter ist etwas, das so schrecklich ist, dass niemand es sehen darf.«

Bernard checkt sein Telefon. Die Exkursion zu dem Quader hat länger gedauert, als er dachte, er muss dringend zurück ins Büro. In weniger als einer halben Stunde steht ein Treffen mit einem wichtigen Mandanten an, das er – diesmal wirklich, ganz ernsthaft – auf gar keinen Fall verpassen darf. Doch wichtiger noch erscheint ihm dieses Gespräch mit Aggy. Sie spricht nicht nur über Garys Kunstwerk, das ist ihm gerade klar geworden, sie spricht über die Regeln. Wenn es ihm ernst ist mit seinem Wunsch zu verstehen, wohin das Spiel ihn noch führen kann, wenn er wirklich wissen will, was ihn nach Verlassen des Spielfelds erwartet, dann ist jetzt die Gelegenheit. Einen Moment ist er überzeugt, Aggy werde von sich aus fortfahren, ihn in ihr Geheimnis einzuweihen. Erwartungsvoll schaut er sie an und fühlt sich schon halb erschüttert durch die unmittelbar bevorstehende Offenbarung. Aber so einfach macht Aggy es ihm nicht, mit ausdruckslosem Gesicht starrt sie vor sich hin. Bernard bleibt nichts übrig, außer selbst das Wort zu ergreifen. Was er gerne erklären möchte: Er sieht vor sich ein geometrisches Spielfeld aus dichten Linien, über das sich, als hätte jemand hastig eine Flüssigkeit vergossen, ein flüchtiges Netz von im Licht schimmernden Wellen ausbreitet. Könnte man die Kreuzungspunkte der beiden Systeme verbinden, würde sich, so ahnt er, eine wunderschöne Figur zeigen. Doch zu schnell verschwinden die Wellen im dunklen Untergrund, die Figur fügt sich nicht zusammen, bleibt verborgen – gleich dem Raum hinter der zweiten Tür. Wie nur Sätze finden, die der Bedeutsamkeit seiner Vision gerecht werden? Möglicherweise gelänge ihm dieses Kunststück, wäre er in ähnlicher Stimmung wie neulich mit Steffen auf dem Balkon, jetzt aber, nervös und unter Druck, gerät ihm alles durcheinander, und er bringt er nur das Folgende hervor:

»Was du eben gesagt hast, das hat mit dem Spiel zu tun, oder? Mit den Regeln? Hinter dieser Tür, ist da ein Apparat, der die Vernichtung durchführt? Der gleich einem riesigen Vogel deine Eingeweide heraushackt … Muster in die Nacht projiziert … oder unsichtbare Zeichen schreibt?«

»Was für ein Spiel? Was für Regeln? Es gibt keine Regeln«, antwortet Aggy düster und dreht sich weg. Verdammt, das läuft nicht gut! Aber Bernard kann jetzt nicht aufgeben, er braucht ein Ergebnis, einen Fortschritt. Verzweifelt sucht er nach einem geeigneten Ansatzpunkt und meint schließlich, diesen in einem Begriff gefunden zu haben, den er Aggy mit besonderer Ehrfurcht hat verwenden hören:

»Aber den geheimen Code, den gibt es, nicht wahr? Ich sehe seine Wirkung an den unterschiedlichsten Stellen. Zum Beispiel, wenn Subjektives und Objektives sich nicht mehr klar unterscheiden lassen ... Weil an einem bestimmten Punkt das Eine in das Andere kippt. Nur verstehe ich leider nicht wirklich, wieso das geschieht. Ich meine, ich kenne das System, das diese Wunder ermöglicht, nur von außen. Was ich brauche, ist ein Einblick in seine Mechanik, ich muss die Blaupause sehen.«

Aggy schweigt eine Weile und schaut weiter weg. Dann sagt sie:

»Ich kann dir den geheimen Code nicht erklären. Man kann ihn nicht in Worte fassen. Dein Inneres muss vollkommen rein sein, damit du ihn lesen kannst.«

Na toll, denkt Bernard, das hat er doch gewusst, hat Aggy ihm alles längst gesagt. Das Problem ist nicht, dass sie ihm zu wenig mitteilt, sondern dass er zu wenig versteht. Eine ungewohnte Erfahrung, er war eigentlich immer ein Überflieger, hatte nie Schwierigkeiten, selbst die größten Herausforderungen locker zu meistern. Wieso also sieht er hier überhaupt kein Land? Vielleicht hat er sich getäuscht, vielleicht ist diese Sache doch nichts für ihn. Aggy zu ficken ist natürlich trotzdem geil, vielleicht sollte er sich darauf konzentrieren, den Rest vergessen. Aggy fummelt an ihrem blauen Auge herum, verschmiert die Schminke. Bernard ist sich nicht ganz sicher, aber er meint zu sehen, dass unter dem falschen blauen Auge ein echtes ist.

Während er an einem wirklich widerlichen Gin Tonic aus billigem Gin und abgestandenem Discounter-Tonic nippt, und während er sich nach Aggy umsieht, die im Getümmel verschwunden ist, zwischen den nachlässig gekleideten jungen Menschen, die diese Party in einem leerstehenden Altbau am Rande eines Gewerbegebiets bevölkern, währenddessen überlegt Bernard, ob diese Erfahrung wohl eher reinigend ist oder eher verschmutzend. Er hat den Eindruck, die Hülle seines Körpers versteife sich, werde immer härter. Von einer Reinigung ist nichts zu merken, in seinem Inneren staut sich vielmehr eine gewaltige Menge stinkender Substanzen, ein ekliges Gemisch verschiedenster Festkörper, Flüssigkeiten und Gase, das er wegen der neuen Undurchlässigkeit seiner äußeren Grenzen nicht mehr ausscheiden kann. Gleichzeitig wird auch seine Umgebung ständig trüber, schmutziger. Nur manchmal durchzucken sie blaue Blitze. Vielleicht ist das ein notwendiger Schritt, bevor die Reinigung beginnen kann. Vielleicht entsteht, wenn die Haut hart genug geworden ist, ein Riss, durch den aller innere Schmutz in den äußeren fließt, und zurück bleibt eine vollkommene Figur, unzerstörbar und rein. Aggy reißt ihn aus diesen Gedanken, als sie plötzlich neben ihm steht, ihn in die Seite stößt und über die Musik und den sonstigen Partylärm in sein Ohr schreit:

»Ich hab alles bekommen. Los, verpissen wir uns.«

Sylvia ist ein paar Tage in New York, Bernard hat sich freigenommen, ist die ganze Zeit mit Aggy unterwegs. Sie bewegen sich zwischen Wohnungen, in denen skurrile Wesen aus einer nebligen Zwischenschicht ihre exzentrischen Ideen von Sozialleben inszenieren, Clubs, in denen Kolibris und Pfauen kilometerweit entfernt von der Oberfläche feiern wie in Trance und nie nach Hause gehen, Hotelzimmern, in denen sie nicht schlafen, sondern nur ficken, immer nur ficken. Irgendwann stehen sie in einem Loft, in dem außer ihnen niemand ist, in dem es so still ist, dass Bernard das Dröhnen in seinem Kopf hören kann. Er fragt sich, wie sie hierher gelangt sind, er kann sich nicht erinnern. Außerdem wüsste er gerne, wo Aggy hin ist, die ist nirgends mehr zu sehen. Vielleicht sollte er ins Bad gehen, Wasser trinken

und sein Gesicht waschen, vielleicht sollte er sogar duschen, er ist total verschwitzt. Dabei ist es so kalt hier, fast kann er seinen Atem sehen.
Um sich kurz zu sammeln, lässt er sich in eine riesige weiße Couch sinken, von der aus er auf eine Dachterrasse schaut. Draußen ist es nicht völlig dunkel, es muss Morgen sein, so gegen sieben oder acht. Oder vielleicht ist es auch Abend. Vielleicht schneit es. Vielleicht ist der Himmel ein auf einen toten Kanal gestellter Bildschirm.

Dann ist Aggy wieder da, sitzt neben Bernard auf der Couch und hält in ihren Händen zwei Gegenstände: ein digital leuchtendes Tablet und eine gläserne Bong, in der sich das Leuchten des Tablets spiegelt. Sie ist nackt, was Bernard sehr seltsam vorkommt, weil es doch so kalt ist, er versteht gar nicht, wie sie das aushält. Dann schaut er auf ihre Brüste, sieht keine Nippel und versteht, sie ist nicht nackt, sondern trägt weiße Spitzenunterwäsche, deren Muster so mit ihren Tattoos verschmilzt, dass er sie zuerst nicht bemerkt hat. Gegen die Kälte kann das aber auch nicht helfen! Ein Feuerzeug blitzt auf, Aggy zieht an der Bong, reicht sie, Rauch in die Luft blasend, an Bernard.

Lange her, dass er eine Bong geraucht hat. Ab und zu zieht er mal an einem Joint, aber nur aus Gründen der Geselligkeit, eigentlich interessiert er sich nicht mehr für dieses THC-High, das ist doch eher was für Jugendliche. Während er das denkt, hat er die Bong schon angesetzt, Aggy gibt ihm Feuer, er zieht, öffnet das Kickloch, inhaliert den Rauch. Trotz all der Zigaretten, die er in den letzten Tagen geraucht hat, ist seine Lunge nicht einmal ansatzweise auf das vorbereitet, was sie jetzt trifft. Er beginnt zu husten, hustet noch mehr, kann nicht aufhören zu husten, krümmt sich zusammen, fühlt Tränen in seinen Augen. Das tut richtig weh! Hätte er doch die Bong nicht genommen, so eine

Scheiße, irrsinnig unangenehm. Dann beginnt die Wirkung. Ihm ist, als würde um ihn ein weiter Raum aufgehen. Zugleich fühlt er sehr deutlich das Gewicht seines Körpers in der Couch. Dann kommt die Angst. Zuerst versteht Bernard sie nicht, begreift nicht, woher sie stammt. Er ist eigentlich kein ängstlicher Typ, Angst verträgt sich nicht mit seinem selbstbewussten, aggressiven Charakter. Doch allmählich beginnt er zu begreifen, die Wirkung des Bong Hits hat seine Aufmerksamkeit erhöht, lässt ihn die Gefahr, in der er sich befindet, erkennen. Seine Situation ist erschreckend unsicher: Er ist mit einer Person, die ihm trotz aller gemeinsamen Erfahrungen nach wie vor fast völlig unbekannt ist, an einem fremden Ort, weit weg von allen für ihn kontrollierbaren Zusammenhängen. Hinzu kommt sein geschwächter Zustand, er hat seit Tagen nicht geschlafen, nicht gegessen, nur Alkohol getrunken. Sein Körper muss an der äußersten Grenze seiner Belastbarkeit sein, kurz vorm Organversagen. Getragen von schwarzen Schwingen tauchen Gedanken an Vernichtung und Aushöhlung aus den dunkelsten Schichten seines Bewusstseins auf. Diese bislang abstrakten Begriffe nehmen jetzt eine bedrohliche, grauenerregende Bedeutung an. Bernards Herz rast, er atmet hektisch durch den ausgetrockneten Mund. Aggy tippt auf dem Tablet herum, eine weiße Fläche senkt sich herab, verdeckt die Fensterfront. Aggy fragt:

»Wollen wir einen Porno gucken?«

Ohne Bernards Antwort abzuwarten, tippt sie noch einmal auf das Tablet, und auf der weißen Fläche beginnt ein Film. Hinter ihnen muss ein Beamer unter der Decke hängen.

Der Film ist schwarz-weiß. Eine karge, herbstliche Landschaft; ein alter schwarzer Peugeot fährt auf einer schmalen Straße aus verwitterten Betonplatten. Am Steuer sitzt eine junge Frau mit halblangen schwarzen Haaren und einer schwarzen Sonnenbrille. Sie raucht eine Zigarette. Neben ihr sitzt eine nackte blonde Frau. Sie ist geknebelt mit einem Tuch, das durch ihren Mund gebunden ist. Ihre Hände sind ebenfalls mit einem Tuch gefesselt. Tränen laufen ihre Wangen herunter, während sie still dasitzt.

Aggy öffnet Bernards Jeans, greift in seine Unterhose. Ihre Hand ist warm, und Bernard fragt sich noch einmal, wie das sein kann – weil es doch so furchtbar kalt ist, dass er am ganzen Körper zittert. Er spürt, wie sein Penis hart wird. Fast verschwindet die Angst schon hinter Geilheit, da fällt ihm auf, die nackte, geknebelte Frau, obwohl ihre Haarfarbe nicht stimmt, obwohl sie hinter von Tränen verschmiertem Make-Up schwer zu erkennen ist, trotzdem ist diese Frau Sylvia. Diese Erkenntnis schiebt die Angst erneut in den Vordergrund, steigert sie sogar bis zur Verzweiflung. Was ist hier los? Das ist alles so unerträglich bedrückend! Und gleichzeitig ist sein Penis fast schmerzhaft steif, vibriert von dem rasend schnell durch ihn pulsierenden Blut. Geilheit und Verzweiflung wirbeln durcheinander, Bernard fragt sich, was sie wohl mit dem Unrat anstellen werden, der sich in seinem Inneren angesammelt hat. Durch die Geilheit und die Verzweiflung und durch sein entsetzlich verschmutztes Inneres hört er Schreie hallen, Schreie wie von Vögeln oder Reptilien, ein grauenvolles Kreischen, in dem nur noch ein letzter Funken Menschlichkeit zu erahnen ist.

In dem Film biegt der schwarze Peugeot in einen Feldweg ein und hält dort. Die Fahrertür öffnet sich, die Fahrerin steigt aus, sie trägt Skinny Jeans und ein quer gestreiftes T-Shirt. Erst jetzt, da er ihren Körper sehen kann, erkennt Bernard hinter der schwarzen Brille, unter der schwarzen Perücke Aggy. Kurz sieht es so aus, als grinse sie verschwörerisch in die Kamera. Dann geht sie zum Kofferraum, öffnet ihn, entnimmt ihm eine abgesägte Schrotflinte, geht zur Beifahrertür, öffnet diese, zerrt mit unter den Arm geklemmter Schrotflinte die nackte Frau heraus. Die Nackte kann sich wegen ihrer gefesselten Hände nicht abstützen, fällt auf den Boden. Aggy löst das um die Hände der Nackten geknotete Tuch, stößt ihr anschließend sofort die Schrotflinte zwischen die Rippen. Bernard ist sich jetzt nicht mehr so sicher, dass diese Frau Sylvia ist. Sie sieht ihr schon ähnlich, sehr ähnlich sogar, aber sie ist doch zu jung, ihr Körper nicht trainiert genug.

Nachdem sie kurz ihre Handgelenke, an denen man die Spuren der Fesseln sieht, gerieben hat, steht die Nackte auf und wischt sich die Tränen aus dem Gesicht. Sie ist ungefähr anderthalb Köpfe größer als Aggy und sehr schlank. Ihre Schulter-, Rippen-, Hüftknochen zeichnen sich deutlich ab. Ihre Haut ist hell und übersät mit kleinen Leberflecken. Sie will den Knebel aus ihrem Mund nehmen, aber Aggy stößt ihr wieder die Schrotflinte in die Seite und schüttelt den Kopf. Beide gehen zur Rückseite des Autos, Aggy nimmt aus dem Kofferraum ein Paar Schuhe, hält sie der Nackten hin. Statt die Schuhe entgegenzunehmen, sieht die Nackte Aggy fragend an. Aggy nickt, und die Nackte hockt sich an den Rand des Feldwegs und pinkelt. Urin läuft zwischen ihren Füßen in den Sand. Derweil hält Aggy ihr die Schrotflinte an die rechte Schläfe. Nachdem die Nackte fertig ist, reicht Aggy ihr noch einmal die Schuhe, diesmal ergreift sie diese, setzt sich neben der Stelle, an der sie eben gepinkelt hat, auf den Boden und zieht sie an. Die Schuhe haben extrem hohe Absätze, bestimmt 20 Zentimeter, und auch sehr hohe Plateaus unter den Fußballen. Das Fußbett besteht aus spitzen Nieten, und die Lederriemen, von denen die Füße auf den Schuhen gehalten werden, sind innen ebenfalls mit Nieten besetzt. Aggy überprüft den Sitz der Schuhe, zieht die Riemen fester, bedeutet der Nackten dann mit einer Geste aufzustehen. Wackelnd richtet sie sich auf, verzieht das Gesicht vor Schmerzen. Das ist, trotz des durch den Mund gebundenen Knebels, deutlich zu erkennen. Auf den Schuhen wirkt sie neben Aggy riesig.

In dem Loft, das der völlig in den Film versunkene Bernard beinahe vergessen hat, beugt Aggy sich über ihn, nimmt seinen Penis in den Mund und beginnt zugleich, seine Eier sanft zu massieren. Das gibt ihm einen Kick, sodass er fast schon bereit ist abzuspritzen, aber Aggy, die das anscheinend merkt, schaut kurz auf und schüttelt den Kopf.

In dem Film bindet Aggy der Nackten die Hände hinter dem Rücken zusammen, schlägt ihr auf den Arsch und die Nackte beginnt unsicher den Feldweg entlang zu staksen. Aggy folgt ihr in einigen Metern Abstand, hält die Schrotflinte dabei lässig in der rechten Hand, den Finger am Abzug. Mehrmals strauchelt die Nackte, schließlich fällt sie. Wegen der auf den Rücken gefesselten Hände kann sie sich nicht aufrichten, rollt erst hilflos hin und her, bleibt schließlich in seltsam verdrehter Stellung liegen. Tränen laufen über ihre Wangen. Aggy zerrt sie am Oberarm grob hoch.

In dem Loft schiebt Aggy den Schritt ihres weißen Spitzenslips zur Seite und setzt sich auf Bernard, beginnt ihn zu reiten. Ihre Silhouette verdeckt teilweise die Leinwand, sodass Bernard nicht mehr richtig erkennen kann, was dort passiert. Anscheinend sind Aggy und die Nackte jetzt in einem Wald, möglicherweise sind dort noch andere Personen. Dann hört Bernard einen Schrei und dann noch einen und noch einen. Diese Schreie sind nicht in seinem Inneren, sie hallen eindeutig durch das Loft. Ob die Schreie zu dem Film gehören, kann er nicht mit Bestimmtheit sagen, jedenfalls bringen sie seine zwischenzeitlich abgeebbte Angst zurück, steigern sie jedoch diesmal nicht zur Verzweiflung, sondern zur Panik. Obwohl er so schrecklich friert, beginnt er heftig zu schwitzen. Gerne würde er aufstehen, zur Tür rennen, aber er kann sich nicht bewegen, nur zittern. Etwas Entsetzliches geschieht, das ist absolut klar. Aggy atmet eine graue Wolke aus, vielleicht Rauch, vielleicht ist das aber auch ihr Atem, denn es ist wirklich, wirklich verdammt kalt. Bernard schließt seine Augen, er will das alles nicht mehr, er will einfach nur weg, nach Hause, in sein Bett, in Sicherheit.

Ein Nachmittag aus seiner frühen Jugend fällt ihm ein, ein kühler Herbstnachmittag, mit Freunden spielte er in seinem Mansardenzimmer Scrabble, während Regen auf die schrägen Dachfenster trommelte. Einmal kam seine Mutter mit Kakao und Keksen herein, verabschiedete sich schnell wieder, bemüht, nicht zu stören angesichts der großen Eintracht, mit der die Jungen in das Spiel vertieft waren. Am Abend wollte niemand aufbrechen, und so übernachteten die Freunde bei Bernard. Bis beinahe Mitternacht redeten sie beim Klang des Regens. Zunächst blieben sie noch bei Trivialem und Albernem, lachten, übertrumpften sich gegenseitig im Wettstreit um die Erfindung der schönsten Absurditäten. Bald aber kamen sie zu den großen und wichtigen Themen, diskutierten diese mit der nur jungen Geistern eigenen, unverbrauchten Ernsthaftigkeit, mit vor Erregung über die Kraft ihrer Gedanken, unsichtbar im dunklen Jugendzimmer, rot glühenden Wangen. Nie war Bernard der Lösung des Rätsels der menschlichen Existenz näher gekommen als in jenen seligen Stunden.

Durch das Loft dröhnen immer noch Schreie, Äußerungen unerträglichen Leidens. Aggy hält inne, beugt sich vor, flüstert etwas in Bernards Ohr, das vielleicht »Sie hat es so verdient« bedeutet, oder vielleicht »Sie hat es sich verdient«, oder vielleicht auch »Sie hat es so ersehnt«. Sie flüstert das, als müsse es ihn beruhigen, aber es klingt unheimlich, steigert seine Panik, lässt sein Herz immer schneller, immer härter schlagen. Er merkt, sie richtet sich erneut auf. Er öffnet seine Augen, sieht ihre Silhouette vor der Leinwand, auf der unverändert der Film läuft. Aggy hat ihre Augen geschlossen, lächelt. Sie knöpft Bernards Hemd auf, legt ihre Hände auf seine Brust, sucht nach seinem Herzschlag. Als sie ihn findet, krallt sie ihre Nägel in seine Haut, atmet hektisch, reitet ihn noch eine Weile und kommt dann mit einem entrückten Seufzen. In diesem Moment merkt Bernard, die Schreie haben aufgehört. Diese Erkenntnis bringt auch ihn zum Höhepunkt.

Wie eine Schuhsohle durch das dünne Eis über einer Pfütze bricht Sylvias Löffel durch die karamellisierte Zuckerschicht der Crème brûlée. Bernard fragt sich, wann genau Sylvia angefangen hat, sich ein Dessert zu erlauben. Überhaupt erscheint ihm Sylvia in letzter Zeit verändert – abweisender, stiller, irgendwie trauriger. Sie will kaum noch ausgehen, er musste sie richtig dazu überreden, heute mit ihm auswärts zu essen, und obwohl sie die drei Gänge des Menüs mit anscheinend großem Hunger verspeist hat, wirkt sie die ganze Zeit lustlos. Als er aber eben fragte, ob alles in Ordnung sei, erwiderte sie nur, sie wisse nicht, wovon er rede. Nun überlegt Bernard, dass es vielleicht an ihm liegt, dass sich vielleicht seine Wahrnehmung von Sylvia verändert hat. Das könnte zusammenhängen mit diesem Film, in dem er vor ungefähr zwei Wochen diese Frau gesehen hat, die vielleicht Sylvia vor ein paar Jahren war oder vielleicht auch nicht. Davon ist ein dunkler Fleck am Rande seines Gesichtsfelds übriggeblieben, der gelegentlich Dinge verdunkelt, die einmal hell waren. Nicht nur Sylvias Verhalten ist betroffen, stellt Bernard fest, indessen er ihr weiter beim Verzehr der gebrannten Süßspeise zusieht, auch ihr Aussehen wirkt auf ihn anders, er findet sie nicht mehr so schön wie früher, in manchen Momenten beinahe unattraktiv. Ist das alles nur Einbildung? Oder hat sie wirklich etwas zugenommen, kleidet sich nachlässiger? Gibt sie insgesamt kaum noch auf sich acht?

Letztlich ist allerdings egal, ob die Veränderung in ihr liegt oder in ihm, wichtig ist dagegen, dass er erstaunlicherweise nicht, wie es früher geschehen ist, wenn eine Frau sich vor ihm wandelte, darüber nachdenkt sich abzuwenden. Im Gegenteil, für Sylvia wächst neuerdings in Bernard ein Gefühl, das Liebe zu nennen er sich noch nicht traut, das in seiner vorsichtigen, tastenden Zartheit aber sehr an die ihm bekannten Beschreibungen dieses Phänomens gemahnt, die er bisher für die hilflos romantischen Phantasien der Schwachen und Dummen gehalten hat.

Könnte Sylvias Zustand wohl mit Gary zu tun haben? Will sie die doppelte Inanspruchnahme durch zwei Männer nicht mehr? Am liebsten würde er mit ihr darüber sprechen, sich erkundigen, ob sie das Spiel beenden, wieder nur mit ihm zusammen sein will. Aber das traut er sich nicht, denn das wäre ein Verstoß gegen die Regeln. Und wenn man gegen die Regeln verstößt, können furchtbare Dinge geschehen. Noch vor einer Weile hielt Bernard nichts für furchtbarer, als das Privileg des unbeschränkten Zugangs zu Aggys Körper zu verlieren. Das würde er jetzt ohne jegliches Zögern aufgeben. Wenn er sich jedoch daran erinnert, was neulich in dem Loft geschehen ist, an die entsetzliche Angst, die Kälte, die Schreie, vermutet er, dass er die Gefahren des Spiels unterschätzt hat, dass ein Regelverstoß ernstere Folgen als den Verlust von Vorzügen haben kann. Und diese Folgen könnten nicht nur ihn, sondern auch Sylvia treffen. Ein Vibrieren in seiner Tasche unterbricht diese düsteren Gedanken. Er zieht sein Telefon hervor, eine Nachricht von Aggy, er soll sich melden. Während er schon aufsteht, erklärt er Sylvia, er müsse noch mal mit der Arbeit telefonieren, und obwohl sie ihm hinterherruft, er könne das ruhig am Tisch machen, draußen sei es doch viel zu kalt, geht er vor die Tür und wählt zitternd im Schneetreiben Aggys Nummer. Sie will ihn sehen, gibt ihm eine Adresse. Bernard weiß, er muss sofort los, darf nicht versuchen, ihr zu erklären, dass er gerade auf einem Date mit Sylvia ist, deshalb nicht kann. Lust hat er keine, aber er kennt seine Pflichten. Zurück am Tisch sagt er, dass er dringend noch mal ins Büro müsse, bezahlt die Rechnung, bestellt zwei Taxis. Früher hätte Sylvia einen Aufstand veranstaltet, ihn dafür beschimpft, dass er an so einem Abend nicht bei ihr blieb. Jetzt aber nimmt sie das mit einem Achselzucken hin, gibt ihm einen Kuss zum Abschied, sagt, sie drücke ihm die Daumen, dass es nicht wieder die ganze Nacht dauere.

Im Taxi nimmt Bernard Platz auf der Rückbank, lehnt sich weit in die Lederpolster zurück, schaut mit halbfokussiertem Blick hinaus in die durch die Lichter der Nacht schwirrenden Schneeflocken. Was ist eigentlich aus der Reinigung seines Inneren geworden? Darüber hat er lange nicht mehr nachgedacht. Hat sich noch mehr Unrat in ihm angesammelt? Mag sein. Das interessiert ihn nicht mehr besonders, eigentlich interessiert ihn gar nichts mehr. Außer Sylvia. Auf die er sich nicht konzentrieren kann, nicht konzentrieren darf. Leere breitet sich in ihm aus. Ist das die Aushöhlung, von der die Rede war? Ist die Aushöhlung das Gleiche wie die innere Reinigung? Ist ihm gleichgültig. Das Taxi hält vor einem heruntergekommenen 60er-Jahre-Wohnhaus. Bernard klingelt bei dem Namen, den Aggy ihm genannt hat. Als er im dreckigen, vollgeschmierten, stinkenden Fahrstuhl nach oben fährt, denkt er, dass diese immer neuen Extreme, durch die Aggy ihn zieht, beginnen langweilig zu werden, dass sie in die immer gleichen Schleifen führen. Er hat keine Lust mehr auf atemlose Gespräche in schweißfeuchten Fluren mit vom Schlafentzug schielenden Prinzessinnen, auf im Funkenregen tanzende Feen und Kobolde, auf diese ganze abgefuckte Scheiße. Was er vorhin hatte, ein ruhiger Abend mit seiner Liebsten in einem guten Restaurant, gibt ihm mehr als all dieser exaltierte Unfug. Als jedoch Aggy die Wohnungstür öffnet, ist von dieser Überzeugung schnell nichts mehr übrig, und Bernard muss sich eingestehen, dass er ihrer Anziehung nach wie vor nicht widerstehen kann. Obwohl sie wieder, was einen Schauer entsetzten Erinnerns durch seinen Körper sendet, die weiße Spitzenunterwäsche trägt, die er aus dem Loft kennt. Ihre Tattoos scheinen aus dem Muster der Spitze herauszuwachsen, die Grenze ist kaum auszumachen. Je länger Bernard auf Aggy schaut, desto weniger kann er die Unterwäsche erkennen, stattdessen sieht er ihren Körper abwechselnd nackt und ganz von Spitze bedeckt. Er schüttelt den Kopf, um diese optische Illusion zu verscheuchen, legt dann seine Arme um Aggy, küsst sie, greift ihr an den Arsch, will sie in die Wohnung schieben, einen Ort finden, an dem er sie ficken kann. Aber Aggy macht sich los, sagt:

»Lass das. Wir müssen heute etwas anderes erledigen.«

Die Wohnung besteht aus nur einem Raum und ist beinahe vollständig leer. Die Wände sind kahl, der Boden ist aus abgenutztem Linoleum, in einer Ecke liegt eine Matratze, darauf zerknülltes Bettzeug.

»Ist das Deine Wohnung?«, fragt Bernard. Aggy lacht

nur spöttisch und nimmt aus einer schwarzen Reisetasche, die neben der Matratze auf dem Boden steht, einige Gegenstände und reicht ihm diese.

Tränen laufen über Sylvias Gesicht, sie hört einfach nicht auf zu weinen. Bernard versucht erst ihre Hände zu greifen, aber sie zieht sie weg. Dann steht er auf, geht um den Küchentisch herum, an dem sie eben zu Abend gegessen haben, will ihre Haare streicheln, sie in den Arm nehmen. Aber sie wehrt ihn ab. Ein bisschen hilflos kommt er sich jetzt vor, weiß nicht recht, wie es weitergehen soll. Nur zu gern will er Sylvia trösten, sie beruhigen, aber er vermutet, dass das schwer möglich sein wird, dass er ihr nicht helfen kann bei dem, was sie im Moment durchmacht. Bernard leidet selbst, obwohl er sich das Ende gewünscht hat, sehr unter der Trennung von Aggy. Immer noch sehnt er sich jeden Tag danach, ihren schmächtigen kleinen Körper zu malträtieren. Wahrscheinlich nimmt Sylvia die Trennung von Gary noch weit mehr mit, sie ist halt viel emotionaler als er. Außerdem kann Bernard den Verlust kompensieren, indem er sich in seine neue Liebe zu Sylvia versenkt. Ja, mittlerweile ist er sicher, er liebt Sylvia. Da ist diese neue Empfindung, anders als alles, was er bisher für Frauen gefühlt hat, ein gewaltiges Verlangen gepaart mit umfassender Akzeptanz. Jeder einzelne Bestandteil von Sylvias Existenz zieht ihn an, ohne jede Einschränkung oder auch nur die kleinste Irritation. Ob Sylvia ihn ebenfalls liebt, weiß er nicht, und obwohl er sich nichts mehr wünscht als ihre Liebe, stört ihn diese Unsicherheit nicht. Früher legte er großen Wert darauf, dass er weniger Emotionen investierte als seine Partnerinnen, jetzt aber weiß er, diese Einstellung war unreif und selbstsüchtig. Was zählt, ist nicht der eigene Status, sondern nur die Sorge um das Objekt der Liebe.

Kurz wandern seine Gedanken zurück zu dem Spiel, er denkt an die Linien des Spielfelds und an die Spielfiguren, angefüllt mit Unrat, die Reinigung erwartend. Ist die Vernichtung, um die es immer ging, vielleicht genau das, was er gerade erlebt? Ist der Andere, den es zu vernichten gilt, gar keine andere Person, sondern der Teil seines Selbst, den er nun hinter sich lässt? Zu behaupten, das sei schon immer gewesen, was er wirklich wollte, erscheint Bernard zu klischeehaft, aber vielleicht ist es das, was er braucht, schon immer brauchte. Vielleicht ist das Spiel notwendig gewesen, damit er sich darüber klar werden konnte. Und wenn das so ist, muss dann nicht für Sylvia das gleiche gelten, wie für ihn? Muss das Spiel für sie nicht den gleichen Ausgang haben? Bedeutet das nicht, dass auch sie ihn liebt? Behutsam streichelt er ihr über die Schulter, sagt so zärtlich wie möglich:

»Okay, ich lass dich erst mal in Ruhe. Gib einfach Bescheid, wenn ich was für dich tun kann.«

»Nein. Warte«, bringt Sylvia schwach zwischen Schluchzern hervor. »Ich muss dir etwas sagen. Ich habe was angestellt. Ich habe dich betrogen.«

Bernard erstarrt, sieht Sylvia entsetzt an. Das darf nicht wahr sein! Sie bricht die Regeln! Ist ihr nicht klar, was sie damit riskiert? Haben sie beide wirklich die Strapazen der letzten Monate auf sich genommen, nur damit Sylvia am Ende alles wegwirft? Bevor Bernard seinen Schrecken überwinden, Sylvia am Weitersprechen hindern kann, fährt sie schon fort:

»Kannst du dich noch an diesen Gary erinnern, den wir letztes Jahr in dieser Bar kennengelernt haben?« Während sie spricht, wird sie durchgängig von Schluchzern geschüttelt. »Den habe ich wiedergetroffen, als ich das letzte Mal in New York war. Wir sind uns da auf einer Party in Bushwick begegnet, wir haben Pillen genommen, keine Ahnung, was das für Zeug war, und dann ist es passiert, wir ...« Sylvia bricht ab, putzt sich die laufende Nase. »Es tut mir so unendlich leid. Ich weiß nicht, wie ich dir das antun konnte.«

Bernard ist schwindelig. Etwas stimmt nicht. Das ist nicht das Spiel, das sie gespielt haben! Sein erster Impuls ist, Sylvia von Aggy zu erzählen, ihr zu sagen, dass es keinen Grund gibt, sich schuldig zu fühlen. Aber er sagt nichts. Weil das ein Verstoß gegen die Regeln wäre. Die für ihn weiterhin gelten. Für Sylvia aber wohl nicht, sie hat offensichtlich keine Ahnung von dem Spiel. Derweil er stumm dasteht, rasen seine Gedanken, versucht er zu begreifen, was hier passiert. Selbst wenn es das Spiel gar nicht gibt und damit auch keine Regeln, kann er sich Sylvia nicht offenbaren. Er kann nicht erwarten, dass sie verstehen würde, wieso er sie über Monate ohne schlechtes Gewissen betrügen konnte, während sie unter ihrem einmaligen Ausrutscher so schrecklich leidet. Diese Enthüllung würde sie unendlich verletzen, da ist er sich sicher. Das möchte er ihr nicht antun. Weil er sie liebt. Die Frau, die ihn betrogen hat, ohne zu glauben, er sei damit einverstanden. Das tut ganz schön weh. Und trotzdem will er sie schützen. Weil er sie liebt!

»Willst Du gar nichts dazu sagen?«, fragt Sylvia, da Bernard sie nun schon eine Weile wortlos ansieht. Er schüttelt den Kopf, küsst sie flüchtig auf die Stirn, sagt, schon auf dem Weg zur Tür:

»Sorry, ich muss das erst mal verarbeiten.«

Die Treppe hinuntersteigend überlegt Bernard, wann Sylvia das letzte Mal in New York war. Hat er angefangen sie zu lieben, nachdem sie ihn betrogen hat oder vorher? Das erscheint ihm ziemlich wichtig, obwohl er nicht erklären kann, wieso. Ziellos läuft er durch die Straßen, versucht immer wieder Aggy anzurufen, aber sie geht nicht an ihr Telefon. Unbedingt braucht er eine Erklärung für das eben Geschehene. Und mehr noch für alles vorher. Wenn es eine befriedigende Erklärung gibt, kann er vielleicht den schwarz gähnenden Abgrund überwinden, der sich zwischen Sylvia und ihm geöffnet hat, als er von ihrem Betrug erfuhr, und der nun ständig wächst, breiter, tiefer, dunkler wird. Was wäre, wenn er sich nur in sie verliebt hätte, weil sie ihn betrogen hat? Wenn diese neue Sylvia, für die er so viel empfindet, durch ihre Schuldgefühle entstanden wäre? Er wünschte wirklich, er könnte sich daran erinnern, wann sie das letzte Mal in New York war, aber es fällt ihm einfach nicht ein.

Dann denkt er an die Ereignisse in dieser schmutzigen kleinen Wohnung, in die Aggy ihn neulich bestellt hat. Die Gegenstände, die sie ihm gab, waren eine Tätowiermaschine, Desinfektionsmittel, eine sterile Kompresse. Sie erklärte ihm, er müsse sie tätowieren und zwar auf ihrer linken Fußsohle. Sie legte sich bäuchlings auf die Matratze, winkelte das linke Bein an, biss in das Kissen, indessen er, wie sie es ihm vorher gezeigt hatte, mit der Tätowiermaschine über ihre Fußsohle fuhr, zwischendurch mit der in Desinfektionsmittel getränkten Kompresse die Farbe abwischte. Zuletzt holte er seinen knüppelharten Penis hervor, kam nach nur wenigen Handbewegungen und spritzte auf Aggys zitternden Arsch. Anschließend verließ er die Wohnung, ohne ein Wort, ohne Blickkontakt.

Die Erinnerung erregt ihn in höchstem Maß. Eine Welle aus Geilheit erfasst ihn, überspült ihn, schwemmt jede sonstige Emotion und jeden Gedanken weg. Nachdem die Geilheit abgeebbt ist, bleibt er allein zurück in der Leere. Er kennt die Leere, sie ist ihm im Taxi auf dem Weg zu seinem letzten Treffen mit Aggy schon einmal begegnet. Da dachte er noch, sie breite sich in ihm aus, jetzt erscheint es ihm eher, als verschlucke sie ihn und alles um ihn herum. Verschwunden sind der vor wenigen Augenblicken noch wegen Sylvias Untreue verspürte Schmerz ebenso wie die Wut auf Aggy und Gary und deren Spiel. Und wo ist seine Liebe? Darüber kann er im Moment nicht nachdenken. Im Moment kann er nur in die Leere sinken. Irgendwann klingelt sein Telefon, Aggy nennt ihm eine Adresse.

Als Bernard vor der Wohnungstür anlangt, glaubt er zunächst, hier schon einmal gewesen zu sein. Gemeinsam mit Aggy? Oder wohnt hier ein Freund, Bekannter, Kollege von ihm? Dann aber begreift er, es ist nicht die Wohnung, die er kennt, es ist die Tür! Die Tür der Wohnung ist dieselbe, die er damals in Garys Skulptur ›Raum in einem Raum, Tür hinter einer Tür‹ gesehen hat. Er öffnet die Tür, tritt ein. Es riecht nach frischer Farbe, anscheinend wurde hier vor kurzem alles weiß gestrichen, nicht nur Wände und Decken, auch die Bodendielen. Rechts von der Tür lehnt eine kahle Leuchtstoffröhre an der Wand, erleuchtet den Eingangsbereich. Da Aggy nicht zu sehen ist, geht Bernard den vor ihm liegenden Flur hinunter, folgt mehreren Biegungen, hinter denen jeweils weitere Leuchtstoffröhren an der Wand lehnen. Schließlich kommt er zu einer Tür, die er ebenfalls kennt, der zweiten Tür aus ›Raum in einem Raum, Tür hinter einer Tür‹. Er drückt die Klinke nieder, erwartet, diese Tür wieder verschlossen zu finden. Aber diesmal lässt sie sich öffnen. Der Raum dahinter hat die Form eines Rechtecks und ist so groß, dass die in den Ecken lehnenden Leuchtstoffröhren nicht ausreichen ihn vollständig zu erleuchten. Die hellen Bereiche berühren sich an den langen Seiten nicht, dazwischen ist beinahe totale Dunkelheit. Die kurzen Seiten sind zwar ganz, in der Mitte aber nur schwach beleuchtet.

Bernard betritt den Raum am rechten Rand einer langen Seite, steht im Licht einer der Leuchtstoffröhren. Gegenüber sieht er Fenster und in der Mitte der Wand, im Dunkeln, meint er einen Erker zu erkennen. An der kurzen Seite links von ihm sieht er Aggy. Sie trägt, obwohl es in der Wohnung eiskalt ist, wieder einmal nur weiße Spitzenunterwäsche, die im Halbdunkel kaum zu unterscheiden ist von der hell zwischen den Tattoos hervortretenden Haut. Sie liegt auf der Seite, das Gesicht ihm zugewandt, liegt allerdings nicht auf dem Boden, sondern schwebt ungefähr einen Meter darüber. Bernard geht zu ihr. Der Weg erscheint ihm sehr lang. In der Mitte des Raums hält er kurz inne, sieht sich um. Er befindet sich jetzt im Zentrum eines schwarzen Kreuzes, das durch die Lichtquellen in den Ecken erzeugt wird, und an dessen Spitze Aggy auf ihn wartet. Rechts von ihm, wo er den Erker vermutet, glaubt er im Dunkeln eine Bewegung wahrzunehmen. Konzentriert schaut er in die Schwärze, kann aber nichts erkennen. Vielleicht haben ihm seine Augen, verwirrt durch den Wechsel von Licht zu Dunkelheit, einen Streich gespielt. Dann meint er etwas zu hören, es klingt wie das Rascheln von Stoff, so als krempele jemand die Ärmel seines Hemds runter und gleich wieder hoch. Er horcht noch einen einige Sekunden mit angehaltenem Atem, aber es bleibt still. Schließlich setzt er seinen Weg zu Aggy fort. Wie sich zeigt, schwebt sie nicht in der Luft, sondern liegt auf einer mehrere Zentimeter dicken Glasplatte, die nur durch eine weitere, senkrechtstehende Glasplatte gehalten wird und mit ihrer Rückseite gegen die Wand gestützt ist. Die Konstruktion wirkt auf Bernard gleichermaßen massiv und extrem instabil. Dennoch nimmt er darauf Platz, direkt zu Aggys Füßen, die, das fällt ihm jetzt erst auf, in einer in die Glasplatte eingelassenen, wassergefüllten

Zinnschale ruhen. Ohne Gruß, ohne Einleitung stellt er die Frage, die ihm als erste in den Kopf kommt:

»Wieso Sylvia?« Aggy sieht ihn nur lächelnd an und schweigt. Bernard wendet seinen Blick von ihr ab, fährt leise fort: »Gut, du hast mich verarscht. Keine Ahnung, wozu das sein musste, vielleicht hab ich das auch verdient, kann sein. Aber wieso das mit Sylvia? War das nötig? Ich nehme an, ich habe die Regeln des Spiels nicht richtig verstanden, wahrscheinlich habe ich ständig gegen sie verstoßen, alles falsch gemacht. Und wenn ich dafür büßen muss, dann ist das halt so. Aber hättet ihr Sylvia da nicht rauslassen können?«

Gelangweilt zuckt Aggy die Achseln, sagt:

»Sorry, aber ich habe echt keine Zeit für diesen Scheiß.« Sie hebt ihren linken Arm, guckt auf ihre Armbanduhr. Von der Seite schaut auch Bernard auf Aggys Uhr und sieht, diese hat weder Ziffernblatt und Zeiger noch eine Digitalanzeige, stattdessen ist da ein kleiner Spiegel, der einen Ausschnitt von Aggys Gesicht reflektiert. »Entweder fragst Du mich jetzt, was du wirklich wissen willst, oder du kannst gleich wieder abhauen.«

Natürlich hat Aggy recht. Bernard will wirklich etwas Anderes wissen. Er zögert kurz, schluckt. Schließlich bringt er hervor:

»Wieso macht ihr das? Du und Gary, wieso spielt ihr dieses verrückte Spiel?«

»Woher weißt du denn, dass wir das gemeinsam tun? Vielleicht hab ich dich nur getäuscht, weil ich mich von dir ficken lassen wollte. Vielleicht hat Gary davon erst erfahren, als es schon vorbei war. Vielleicht hat er anschließend deine wertvolle Sylvia gefickt, um sich an uns beiden zu rächen.«

Erneut kommt Bernard sich total dämlich vor. Obwohl er von Aggys Lügen wusste, hat er ihr immer noch zu sehr vertraut. Gibt es eine Möglichkeit, sie zur Ehrlichkeit zu zwingen? Eine Frage, die sie dazu bringen wird, ihm die ganze Wahrheit zu enthüllen? Nein, er hat keine Chance. Als er das erkennt, wird ihm gleichzeitig klar, damit hat er alles erfahren, was Aggy ihm mitteilen wollte. Hektisch seine Schläfen reibend sagt er:

»Fuck ... Fuck ... Fuck ... Ich habe mich noch nie so ... Da ist nur noch ... Leere.«

Gewaltige dunkle Ströme fließen unaufhaltsam zum finstersten Ort in seinem Inneren, einem Punkt, an dem es keine Bewegung mehr geben kann. Dort konzentriert sich alles, was einmal Bernard ausgemacht hat, zu einem vollkommen inhaltslosen Zeichen, zu purem Fakt, ohne Aussage, schwer und dicht wie schwarze Mauern, hinter denen nichts mehr kommt.

»Ist das die Vernichtung, die immer das Ziel war?«

Bernard würde jetzt gerne weinen. Um Sylvia, um seine Liebe, um sich selbst. Aber daran ist nicht zu denken. Da alle Flüssigkeiten von seiner Oberfläche hin zu seinem Mittelpunkt streben, sind seine Augen staubtrocken. Mit entsetzlicher Klarheit sieht er jede Phase des Verbrechens, das er an sich selbst begangen hat, noch einmal vor sich ablaufen. Ein Stich durchfährt ihn, alles rückt nach außen. Was er eigentlich mit drängender Emphase verkünden will, sagt er tonlos, wie ohne jede Hoffnung:

»Ich glaube, es ist geschafft. Vollständige Aushöhlung.«

Aggy lacht und erwidert:

»Das glaube ich kaum. Du kommst dir nur leer vor, weil du dich in einem Schockzustand befindest. In Wahrheit bist du gefüllt mit Wut und Schmerzen. Ich empfehle dir, dass du die rauslässt.«

Während sie das sagt, steigt sie von der Glasplatte, spritzt dabei mit ihren Füßen etwas von dem Wasser aus der Zinnschale auf Bernard. Sie stellt sich vor die Glasplatte, legt die Hände darauf, senkt ihren Kopf, streckt ihren Arsch in die Höhe. Bernard steht ebenfalls auf, sein Herz klopft wild, sein Penis ist mal wieder hart wie Beton. Er öffnet seine Gürtelschnalle, zieht den Gürtel aus den Laschen seiner Hose, holt damit aus ...

Mit einer Frau, die er nicht kennt, die ihrem Aussehen nach aber wahrscheinlich diese Aggy ist, von der Bernard immer erzählt hat, betritt Steffen eine riesige Industriehalle, in deren Mitte auf dem Betonfußboden ein Quader aus MDF-Platten steht. Die Frau geht zu dem Quader hin, Steffen folgt ihr. Die Kanten des Quaders sind ungefähr vier Meter lang. Er wird angestrahlt von vier Scheinwerfern, die ungefähr vier Meter von den Seiten entfernt auf Stativen stehen. In eine der Seiten des Quaders ist eine Tür eingelassen. Die Frau sagt:

»Du musst die Tür öffnen.«

Steffen öffnet die Tür und sieht, dahinter ist noch eine Tür. Er steckt seinen Kopf durch die erste Tür und stellt fest, die zweite Tür ist eingelassen in einen weiteren Quader, dessen Kanten ungefähr drei Meter lang sind. An den inneren Kanten des äußeren Quaders sind Leuchtstoffröhren angebracht, die den Zwischenraum hell erleuchten. Steffen versucht die zweite Tür zu öffnen, aber sie ist verschlossen. Die Frau sagt:

»Eigentlich darf niemand sehen, was hinter dieser Tür ist, aber ich will mich bei dir bedanken, deshalb schließe ich sie dir auf.«

Die Frau zieht einen Schlüssel hervor, öffnet die Tür und tritt dann beiseite. Steffen schaut durch die Tür und sieht, dahinter ist nichts. Kein leerer Raum, sondern Nichts. Das Gegenteil von Etwas.

Bernard erwacht schweißgebadet. Was für ein seltsamer Traum! Da sein Mund ganz ausgetrocknet ist, steht er auf, um sich ein Glas Wasser zu holen. Als er um das Bett herumgeht, bemerkt er, dass dort noch jemand liegt. Sieht aus wie Sylvia. Obwohl die doch seit ein paar Tagen bei Betti schläft. Ist sie etwa in der Nacht unbemerkt zu ihm zurückgekommen? Er tritt an das Bett heran, schlägt die Decke ein Stück zurück, erkennt, dort liegt Sylvia, aber wo vorher ihr Gesicht war, ist jetzt nur noch blutiges, von Schrotkugeln durchsetztes Fleisch.

Gary rutscht, als er mit einem Zucken erwacht, fast von seinem Flugzeugsessel. Er krempelt die Ärmel seines schwarzen Hemds runter und gleich wieder hoch, dreht sich dann nach rechts, sieht dort die auf dem Sitz neben ihm zusammengerollt schlafende Aggy. Ihr nackter linker Fuß guckt unter der Decke hervor. Auf dessen Sohle entdeckt Gary ein neues Tattoo. In krakeliger Schrift steht da:

›Traum in einem Traum‹.

Wollen

wir

einen

Porno

gucken

?

RAUM IN EINEM RAUM erscheint als Publikation des **KORBINIAN VERLAGS** Berlin in einer Auflage von 750 Exemplaren.

DAS LEKTORAT Katharina Holzmann mit Sascha Ehlert & David Rabolt
DIE GESTALTUNG & DER SATZ Antonia Terhedebrügge
DAS BILD Ruslan Daskalov
DIE SCHRIFT Circular
DAS PAPIER RecyStar Nature
DER DRUCK Oktoberdruck
DER ORT gedruckt in Berlin, Deutschland

ISBN 978 –3 – 9817583 – 3 – 7

Sternbeobachtung für Anfänger

Mit diesem Sternführer findet sich jeder auf Anhieb am Sternenhimmel zurecht. Nach Monaten geordnet erfahren Sie auf jeweils sechs Seiten, was es am Abendhimmel zu sehen gibt. Und die Orientierung ist dabei denkbar einfach – Sie suchen das Sternbild Großer Wagen und können sofort loslegen. Die Beispielseiten links zeigen Ihnen, was dieser praktische Sternführer alles zu bieten hat:

(1)
So findet man den Polarstern
Das bekannteste Sternbild, der Große Wagen, ist Ihre Orientierungshilfe. Den Großen Wagen kann man das ganze Jahr über am Himmel sehen, mit seiner Hilfe hat man schnell den Polarstern und damit die Nordrichtung am Himmel gefunden. Nun genügt es, sich umzudrehen, um den Sternenhimmel auf der Monatssternkarte zu betrachten (siehe Punkt 4).

(2)
Wann ist Vollmond, wann Neumond?
Die Grafik gibt die Daten für Voll- und Neumond an. Zwischen Neu- und Vollmond sieht man am Abendhimmel die Sichel des zunehmenden Mondes, zwischen Voll- und Neumond steht der abnehmende Mond am Morgenhimmel.

(3)
Die Highlights des Monats
Hin und wieder bietet der Himmel besondere Schauspiele: Sonnen- und Mondfinsternisse, Begegnungen zwischen den Planeten oder Bedeckungen eines Planeten durch den Mond. Wann ein solches Highlight zu sehen ist, wird auf der zweiten Seite eines Monats beschrieben.

(4)
Die Monatssternkarte
Im Laufe eines Jahres ändert sich der Anblick des Sternenhimmels. Dazu bietet dieser Sternführer für jeden Monat eine große Sternkarte, mit der die wichtigsten Sternbilder am Himmel gefunden werden können. Man blickt dabei nach Süden, im Rücken des Beobachters befindet sich der Große Wagen (siehe Punkt 1).

(5)
Der Sternenhimmel
Begleitet wird die Monatssternkarte von einer Beschreibung des Sternenhimmels. Welche Sternbilder sehe ich am Himmel, wenn ich nach Süden, Osten und Westen blicke? Wie heißen die hellen Sterne, die ich am Himmel sehe? Welche Sternsagen ranken sich um die Sternbilder?

(6)
Die Sichtbarkeit der Planeten
Sie sehen aus wie Sterne, wandern aber im Laufe der Zeit durch die Sternbilder und sind daher jedes Jahr an einer anderen Stelle des Himmels zu sehen. Wann und wo man diese „Wandelsterne", wie die Planeten auch genannt werden, sehen kann, ist auf diesen Seiten beschrieben.

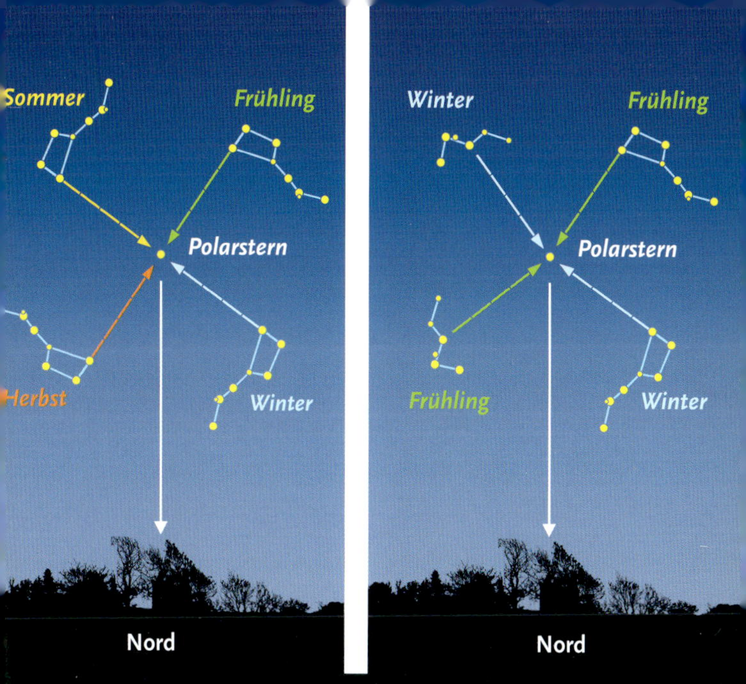

Der Große Wagen dient als Wegweiser für den Polarstern.
Mit dem Sternbild Kassiopeia funktioniert das auch.

ganze Jahr über genau in Richtung Norden. Schaut man zu diesem so genannten Polarstern, kann man die Himmelsrichtungen bestimmen. Im Rücken ist dann Süden, links Westen und rechts Osten. Wie man den Großen Wagen und damit den Polarstern findet, erklärt jeweils die erste Seite einer jeden Monatsübersicht.
Um den Polarstern scheinen sich alle Sterne im Lauf einer Nacht zu drehen. Dies liegt daran, dass die Achse, um die sich unsere Erde dreht, zufällig ziemlich genau auf den Polarstern zeigt. Der Anblick des Sternhimmels ändert sich während einer Nacht also durch die Drehung der Erde. Alle Sterne gehen im Osten auf, erreichen im Süden ihre größte Höhe und sinken im Westen unter den Horizont. Nach 24 Stunden würde sich das Aussehen des Sternhimmels exakt wiederholen, wenn sich die Erde in dieser Zeit nicht auch ein Stückchen auf ihrer Bahn um die Sonne weiterbewegt hätte. Dies führt dazu, dass jeder Stern pro Tag vier Minuten früher aufgeht – ein Wert, der sich pro Monat auf zwei Stunden summiert. Da die Erde um die Sonne läuft, ändert sich der Sternhimmel also im Lauf der Monate (s. Seite 80). Erst nach einem Jahr ergibt sich wieder derselbe Himmelsanblick.

Jede Jahreszeit hat dadurch ihre charakteristischen Sternbilder. Es gibt einige tausend Sterne, die man bereits mit bloßem Auge am Nachthimmel sehen kann. Wohnt man in einem Ballungsraum, sieht man jedoch womöglich nur ein paar hundert Sterne, weil künstliche Lichtquellen den Nachthimmel so stark aufhellen, dass schwächere Sterne unsichtbar bleiben.

Planeten leuchten nicht von allein

Doch es gibt nicht nur Sterne am Himmel zu sehen, sondern auch den Mond und mehrere Planeten. Da der Mond im Laufe eines Monats einmal um unsere Erde läuft, verändert er seine Position am Himmel bereits von Tag zu Tag merklich. Aber auch er nimmt an der täglichen scheinbaren Drehung des Himmels teil, geht also im Osten auf und später im Westen unter. Wie der Mond verändern auch die Planeten ihre Positionen gegenüber den Sternen. Doch anders als bei unserem Trabanten dauert dies bei den Planeten deutlich länger und ist oft erst nach Wochen oder gar Monaten mit bloßem Auge festzustellen. Anders als die Sterne leuchten die Planeten und der Mond nicht selbst, sondern werfen nur das Licht zurück, das sie von unserer Sonne empfangen. Unsere Sonne ist dagegen ein Stern wie jeder andere, steht uns aber sehr viel näher. Da der Mond für kosmische Verhältnisse einen vergleichsweise geringen Abstand zur Erde hat, können wir bei ihm mit bloßem Auge bereits Phasen erkennen: Innerhalb von rund vier Wochen vollzieht sich der Wechsel von Neumond über zunehmenden Halbmond, Vollmond und abnehmenden Halbmond bis zum nächsten Neumond.
Vier der acht Planeten sind besonders leicht am Nachthimmel zu sehen: Venus, Mars, Jupiter und Saturn. Da sich Mond und Planeten zusätzlich zur täglichen Himmelsdrehung merklich bewegen, kann man sie nicht in Sternkarten einzeichnen, die für mehrere Jahre gelten sollen. Daher sind in diesem Sternführer bei jedem Monatskapitel die Sichtbarkeiten der vier auffälligsten Planeten für die kommenden zehn Jahre vermerkt.

Schattenspiele von Sonne, Mond und Erde

Besondere Höhepunkte des Himmelsgeschehens sind Finsternisse. Bilden Sonne, Mond und Erde in dieser Reihenfolge eine Linie, kommt es zu einer Sonnenfinsternis, wenn der Mondschatten auf die Erdoberfläche fällt. Verfinstert der Mond dabei die Sonnenscheibe am Himmel vollständig, spricht man von einer totalen Sonnenfinsternis. Solche Ereignisse sind für einen bestimmten Ort auf der Erde recht selten. So findet beispielsweise die nächste totale Sonnenfinsternis, die vom deutschen Sprachraum aus zu sehen ist, erst im Jahr 2081 statt. Deutlich häufiger sind dagegen partielle Sonnenfinsternisse, bei denen der Mond nur einen Teil der Sonnenscheibe verdeckt.

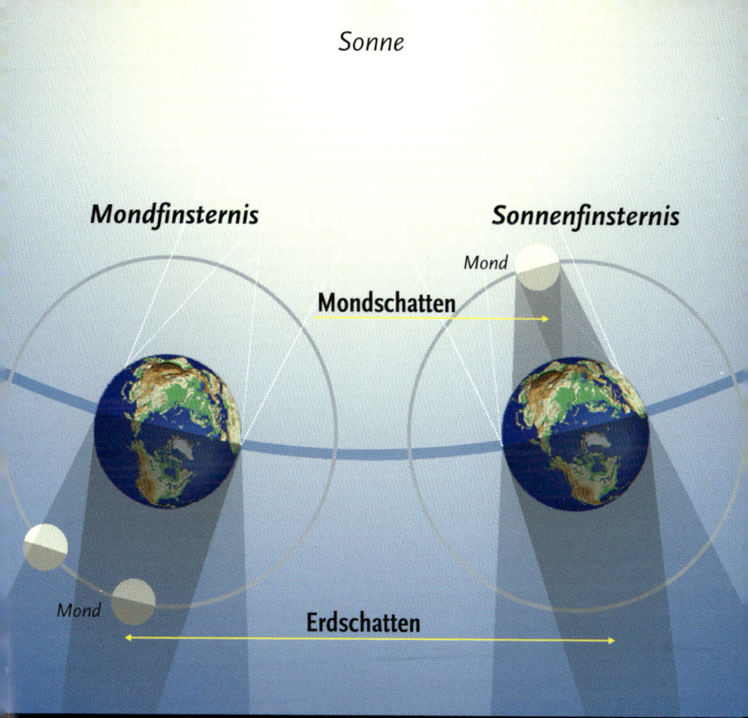

Mondfinsternis: Der Mond wandert durch den Erdschatten (links).
Sonnenfinsternis: Der Schatten des Mondes fällt auf die Erdoberfläche.

Mondfinsternisse sind dagegen immer von allen Bereichen der Erdoberfläche aus zu sehen, für die der Mond über dem Horizont steht. Tritt eine Mondfinsternis ein, läuft unser Trabant durch den Schatten, den die Erde ins All wirft. Wandert der Mond vollständig durch diesen Schatten, spricht man von einer totalen Mondfinsternis, ansonsten von einer partiellen. Während einer totalen Mondfinsternis verschwindet der Mond jedoch nicht vollständig, sondern ist als rotbraune bis rotgelbe Scheibe am Himmel zu sehen.
Der Mond kann nicht nur die Sonne am Taghimmel, sondern auch die Planeten am Nachthimmel verfinstern. In diesem Fall spricht man von einer Bedeckung. Es kann schon überraschend sein, wenn man den Mond anschaut und plötzlich der helle Lichtpunkt eines Planeten neben ihm wieder auftaucht, der zuvor nicht zu sehen war. Zumal solche Bedeckungen eher seltene Ereignisse sind. Selbst mit dem bloßen Auge und einem geringen Wissen über den Sternhimmel gibt es also bereits viel „dort oben“ zu entdecken. Dieser Naturführer macht Ihnen die Beobachtung des Nachthimmels besonders einfach.

So findet man den Polarstern

Blickt man nach Norden, so sieht man rechts über dem Horizont den Großen Wagen, der auf seiner Deichselspitze zu balancieren scheint. Um das ganze Sternbild sehen zu können, ist eine freie Sicht auf den Horizont erforderlich. Hat man die beiden hinteren Sterne des Wagenkastens gefunden, die von allen Sternen des Sternbilds am höchsten stehen, kann man den Polarstern aufsuchen: Ihr Abstand, um das Fünffache nach schräg links oben verlängert, führt zum Ziel. Verlängert man die gedachte Linie über den Polarstern hinaus, stößt man auf die Kassiopeia, links oben im Nordwesten. Tief im Nordwesten – unterhalb der Kassiopeia – funkelt der Stern Deneb.

Vollmond und Neumond

2014		2015		2016		2017		2018	
16.	1. 30.	5.	20.	24.	10.	12.	28.	2. 31.	17.
2019		**2020**		**2021**		**2022**		**2023**	
21.	6.	10.	24.	28.	13.	18.	2.	7.	21.

Januar

Totale Mondfinsternis:
Am 21. Januar 2019 verschwindet der Mond im Erdschatten.

Die Highlights des Monats

Totale Mondfinsternis
Am **21. Januar 2019** beginnt sich der Mond gegen 4.45 Uhr von links oben zu verdunkeln. Rund eine Stunde später ist er vollständig verfinstert. Wiederum eine Stunde später, es dämmert bereits, taucht unser Trabant langsam wieder aus dem Erdschatten auf – zunächst mit seiner linken Seite. Kurz vor 8 Uhr hat er den Erdschatten wieder vollständig verlassen, dann geht jedoch bald die Sonne auf.

Merkur, der schwierige Planet

Neben den Planeten Venus, Mars, Jupiter und Saturn gibt es noch einen weiteren, den man mit bloßem Auge sehen kann: Merkur. Doch die Bedingungen dafür sind vom deutschen Sprachraum aus nicht gut, denn Merkur entfernt sich am Himmel nie weit von der Sonne, ist also nur in der Dämmerung zu sehen. Unter einem städtischen Nachthimmel ist Merkur daher mit dem bloßen Auge ein schwieriges Ziel. Wer Merkur trotzdem einmal aufspüren möchte, schaut am besten im „Kosmos Himmelsjahr“ nach.

Himmelsanblick am
1.12. 24 Uhr
1.1. 22 Uhr
1.2. 20 Uhr

Der Sternenhimmel

Im Januar dominieren die Wintersternbilder den Südhimmel immer stärker, während die Herbststernbilder bereits am Westhimmel stehen. Im Südosten funkelt in geringer Höhe unübersehbar der blauweiße Sirius, der hellste Stern des Himmels. Er gehört zum Sternbild Großer Hund, das nun fast vollständig aufgegangen ist, von dem man aber neben Sirius häufig nur ein oder zwei weitere Sterne sehen kann, wenn der Nachthimmel zu stark durch künstliche Lichtquellen aufgehellt wird.

Begleitung für den Himmelsjäger

Rechts oberhalb des Großen Hundes steht der Orion, links oberhalb, am Südosthimmel, der Kleine Hund mit dem hellen Stern Prokyon. Großer und Kleiner Hund sind die Begleiter des Himmelsjägers Orion. Wegen der sieben hellen Sterne, die Schultern, Gürtel und Knie des Orions bilden, gehört dieses Sternbild zu den auffälligsten des gesamten Himmels. Man kann sich die Figur des Himmelsjägers förmlich vorstellen; nur für den Kopf ist Fantasie gefordert, weil ihn nur schwache Sterne markieren. Oberhalb des Orions – genau in Richtung Süden – steht der rötlich leuchtende Aldebaran im Sternbild Stier. Nach der griechischen Sage hat sich Zeus in einen weißen Stier verwandelt, um eine Prinzessin zu rauben. Lässt man seinen Blick, ausgehend vom Stier, weiter nach oben schweifen und legt den Kopf in den Nacken, so sieht man das Fünfeck des Fuhrmanns mit dem hellen, gelblich leuchtenden Stern Kapella. Auf einer gedachten Verbindungslinie zwischen Kapella und Prokyon im Kleinen Hund liegen die Zwillinge. An den linken Enden der beiden Sternketten, die den Anblick dieses Sternbilds prägen, stehen Kastor und Pollux.

Herbst im Westen

Die typischen Herbststernbilder – Perseus, Andromeda und Pegasus – stehen im Januar bereits am Westhimmel. Blickt man nach Westen, steht das Pegasus-Viereck auf einer seiner Ecken – senkrecht nach oben verlaufend schließt sich die Sternkette der Andromeda an. Noch weiter oben, man muss bereits den Kopf weit in den Nacken legen, steht der Perseus. Zwischen dem Perseus und dem Stier fällt dem aufmerksamen Beobachter eine kleine Gruppe aus schwachen, dicht beieinander stehenden Sternen auf. Dabei handelt es sich um den offenen Sternhaufen der Plejaden, die offiziell zum Sternbild Stier gehören.

Die Sichtbarkeit der Planeten

2014

Venus ist unbeobachtbar.
Mars in der Jungfrau geht kurz nach Mitternacht auf und steht in der Morgendämmerung im Süden.
Jupiter in den Zwillingen ist die ganze Nacht über beobachtbar.
Saturn in der Waage geht in der zweiten Nachthälfte auf und steht in den Morgenstunden am Südosthimmel.

2015

Venus bleibt faktisch unbeobachtbar.
Mars steht in der Abenddämmerung tief am Westhimmel.
Jupiter im Löwen geht einige Stunden nach Dämmerungsbeginn auf und bleibt die restliche Nacht sichtbar.
Saturn ist in der Morgendämmerung am Osthimmel zu sehen.

2016

Venus steht in der Morgendämmerung tief am Osthimmel.
Mars in der Jungfrau geht nach Mitternacht auf und steht morgens im Süden.
Jupiter im Löwen ist in der zweiten Nachthälfte zu sehen.
Saturn im Schlangenträger steht in der Morgendämmerung tief im Südosten.

2017

Venus steht nach Sonnenuntergang im Südwesten.
Mars im Bereich Wassermann/Fische steht abends im Südwesten.
Jupiter ist in der zweiten Nachthälfte zu sehen.
Saturn ist quasi unbeobachtbar.

2018

Venus ist unbeobachtbar.
Mars in der Waage steht gegen Morgen im Südosten.
Jupiter in der Waage geht erst in der zweiten Nachthälfte auf.
Saturn ist unbeobachtbar.

2019

Venus steht gegen Morgen im Südosten.
Mars in den Fischen ist Planet der ersten Nachthälfte.
Jupiter im Schlangenträger steht gegen Monatsende morgens tief im Südosten.
Saturn ist unbeobachtbar.

2020

Venus steht am Abendhimmel im Südwesten.
Mars im Bereich Waage/Skorpion steht vor Sonnenaufgang tief im Südosten.
Jupiter ist unbeobachtbar.
Saturn ist unbeobachtbar.

Funkelnde Sterne

Manchmal scheinen helle Sterne wild zu flackern und ihre Farbe zu verändern, besonders wenn sie in geringer Höhe über dem Horizont stehen. In Wirklichkeit flackern aber nicht die Sterne selbst, sondern man sieht die Unruhe unserer Atmosphäre.

Seltener Anblick: Der sonnennächste Planet Merkur ist in der Abenddämmerung knapp über den Baumwipfeln zu erkennen.

2021

Venus ist unbeobachtbar.
Mars im Widder steht abends im Süden und geht bald nach Mitternacht unter.
Jupiter ist unbeobachtbar.
Saturn ist unbeobachtbar.

2022

Venus ist quasi unbeobachtbar.
Mars bleibt quasi unbeobachtbar.
Jupiter im Wassermann steht nach Sonnenuntergang tief im Südwesten.
Saturn im Steinbock steht nach Sonnenuntergang sehr tief im Südwesten.

2023

Venus ist quasi unbeobachtbar.
Mars im Stier steht abends im Südosten und ist fast noch die ganze Nacht zu sehen.
Jupiter in den Fischen steht abends im Süden und geht immer früher unter.
Saturn im Steinbock wird im Lauf des Monats unbeobachtbar.

So findet man den Polarstern

Der Große Wagen hat seine Stellung über dem Horizont hinter sich gelassen. Das hintere Ende des Wagenkastens bildet nun mit dem Polarstern eine fast waagerechte Linie am Himmel. Der Polarstern liegt links des Großen Wagens, man muss den Abstand der beiden hinteren Kastensterne fünfmal verlängern, um ihn zu finden.

Der Aufstieg des Großen Wagens am Himmel geht mit dem Niedergang des Sternbilds Kassiopeia einher, da es wie ein Gegengewicht auf der anderen Seite der Verbindungslinie Großer Wagen – Polarstern liegt. Bei guter Horizontsicht kann man im Norden noch Deneb, den hellsten Stern des Sommersternbilds Schwan, funkeln sehen.

Vollmond und Neumond

2014		2015		2016		2017		2018	
15.	–	4.	19.	22.	8.	11.	26.	–	15.

2019		2020		2021		2022		2023	
19.	4.	9.	23.	27.	11.	16.	1.	5.	20.

Begegnung der hellsten Gestirne: Jupiter, Venus und Mond am 22.2.2023 (links) sowie Jupiter und Venus am 1.3.2023.

Die Highlights des Monats

Himmlische Begegnung
Im Lauf der zweiten Hälfte des **Februar 2023** rücken die beiden hellsten Planeten, Venus und Jupiter, am abendlichen Westhimmel nach und nach immer näher zusammen. Am 1. und 2. März 2023 stehen Venus und Jupiter dann so nahe beisammen, dass sie ein Daumen am ausgestreckten Arm bequem verdecken kann. Die beiden Planeten befinden sich jedoch nur in derselben Blickrichtung, tatsächlich haben sie einen Abstand von mehreren hundert Millionen Kilometern voneinander. Am besten zu sehen sind die beiden Gestirne gleich nach Beginn der Abenddämmerung, eine gute Stunde später gehen sie unter. In den Tagen der Annäherung von Venus und Jupiter gesellt sich am 22. Februar auch noch die schmale Sichel des zunehmenden Mondes zu den beiden Planeten. Die drei hellen Objekte bilden dann ein flaches Dreieck.
Anhand von Venus, Jupiter und dem Mond lässt sich übrigens auch sehr gut die Lage der Ekliptik nachvollziehen – der scheinbaren Bahn, entlang der sich Sonne, Mond und die Planeten vor dem Sternenhimmel bewegen.

Zenit
Kapella
Algenib
Andromeda
Fuhrmann
Perseus
Dreieck
Pegasus
Hamal
Kastor
Pollux
Zwillinge
Widder
Plejaden
Denebola
Löwe
Krebs
Eklipik
Winter-
sechseck
Aldebaran
Stier
Regulus
Fische
Prokyon
Beteigeuze
Osten
Kleiner
Hund
Orion
Wasser-
schlange
Walfisch
Westen
Orion-
Nebel
Alphard
Rigel
Sirius
Großer
Hund
Hase
Himmelsanblick am
1.1. 24 Uhr
1.2. 22 Uhr
1.3. 20 Uhr

Der Sternenhimmel

Im Februar sieht man beim Blick nach Süden das Wintersechseck – kein Sternbild, sondern eine Figur aus sechs sehr hellen Sternen, die alle zu den Wintersternbildern gehören. Hoch oben über unseren Köpfen steht Kapella im Fuhrmann, im Uhrzeigersinn folgen dann Aldebaran im Stier, Rigel im Orion, Sirius im Großen Hund, Prokyon im Kleinen Hund und Pollux in den Zwillingen. Im Bereich dieses Wintersechsecks liegt rund ein Dutzend der hellsten Sterne, die man am Himmel sehen kann. Alle stehen im Februar quasi in ihrer höchsten Position am Himmel. Dies erklärt den besonders prachtvollen Anblick des Winterhimmels beim Blick nach Süden.

Sterne sind nicht grau

Anhand des Wintersechsecks kann man sehr gut erkennen, dass die Sterne unterschiedliche Farben haben: Aldebaran, Pollux und Beteigeuze leuchten rötlich, Kapella und Prokyon gelblich und Sirius, die Gürtelsterne des Orions sowie Rigel bläulich weiß.
Im Orion etwas unterhalb der drei hellen Gürtelsterne des Himmelsjägers ist bei etwas dunklerem Himmel ein Lichtfleck zu erkennen, den man bei einem flüchtigen Blick mit einem Stern verwechseln kann. In Wirklichkeit handelt es sich dabei um den Orion-Nebel, der unter einem dunklen Landhimmel nicht zu übersehen ist.
Der Orion ist in der griechischen Sage ein mächtiger und erfolgreicher Jäger. Er entstand nach zehn Monaten aus einer in der Erde vergrabenen Stierhaut, die den Samen von Zeus, Poseidon und eines weiteren Gottes enthielt. Orion starb am Stich eines Skorpions. Sowohl den Jäger als auch den Skorpion hat Göttervater Zeus an den Himmel versetzt – schön weit voneinander getrennt, damit sie nicht mehr zusammentreffen können: Orion ist ein Wintersternbild, der Skorpion ein Sommersternbild.

Vorbote des Frühlings

Am Westhimmel halten sich noch die Herbststernbilder, vor allem Perseus und Andromeda. Zusammen mit der Kassiopeia prägen sie das Aussehen dieses Himmelsareals. Das Viereck des Pegasus ist dagegen schon weitgehend im Horizontdunst verschwunden.
Beim Blick nach Osten kann man erkennen, dass der Winter bald der Vergangenheit angehören wird. Neben mehreren unscheinbaren Sternbildern steht dort nämlich auch der Löwe – eines der markantesten Sternbilder des abendlichen Frühlingshimmels.

Die Sichtbarkeit der Planeten

2014

Venus ist am morgendlichen Osthimmel zu sehen.
Mars geht in den späten Abendstunden im Osten auf und ist dann den Rest der Nacht in der Jungfrau zu sehen.
Jupiter in den Zwillingen steht abends hoch im Süden und geht erst in der zweiten Nachthälfte unter.
Saturn in der Waage geht nach Mitternacht im Osten auf und steht in der Morgendämmerung im Süden.

2015

Venus steht am abendlichen Westhimmel.
Mars ist unbeobachtbar.
Jupiter im Krebs steht abends im Südosten und geht morgens im Westen unter.
Saturn im Skorpion geht in den Stunden nach Mitternacht im Südosten auf und steht morgens im Süden.

2016

Venus bleibt so gut wie unbeobachtbar.
Mars in der Waage geht nach Mitternacht auf und steht morgens im Süden.
Jupiter im Löwen geht bald nach der Abenddämmerung auf und ist die ganze Nacht zu sehen.
Saturn im Schlangenträger steht in der Morgendämmerung im Südosten.

2017

Venus steht abends im Südwesten.
Mars in den Fischen steht abends im Südwesten und geht vor Mitternacht unter.
Jupiter in der Jungfrau geht vor Mitternacht auf.
Saturn ist quasi unbeobachtbar.

2018

Venus ist unbeobachtbar.
Mars im Skorpion/Schlangenträger steht gegen Morgen im Südosten.
Jupiter in der Waage geht in der zweiten Nachthälfte auf und steht morgens im Süden.
Saturn ist quasi unbeobachtbar.

2019

Venus steht gegen Morgen im Südosten.
Mars im Bereich Fische/Widder ist Planet der ersten Nachthälfte.
Jupiter im Schlangenträger steht morgens tief im Südosten.
Saturn ist quasi unbeobachtbar.

2020

Venus steht am Abendhimmel im Westen.

Im Dunkeln sehen

Wer aus einem hell erleuchteten Raum in die Dunkelheit geht, sieht nicht viel. Doch im Lauf der nächsten halben Stunde passen sich die Augen an: Man kann nach und nach Dinge sehen, die man zunächst nicht erkannt hat – etwa schwache Sterne am Himmel.

Stern mit Schweif:
Kometen sind seltene Himmelsschauspiele.

Mars im Schützen steht vor Sonnenaufgang tief im Südosten.
Jupiter ist unbeobachtbar.
Saturn ist unbeobachtbar.

2021

Venus ist unbeobachtbar.
Mars im Widder steht abends im Südwesten und geht um Mitternacht unter.
Jupiter ist unbeobachtbar.
Saturn ist unbeobachtbar.

2022

Venus steht morgens tief im Südosten.
Mars bleibt unbeobachtbar.
Jupiter im Wassermann wird im Lauf des Monats unbeobachtbar.
Saturn ist unbeobachtbar.

2023

Venus wird zunehmend besser am Abendhimmel im Westen sichtbar.
Mars im Stier steht abends im Süden und verschwindet in der zweiten Nachthälfte.
Jupiter in den Fischen steht abends bereits im Südwesten.
Saturn ist unbeobachtbar.

So findet man den Polarstern

Beim Blick nach Norden muss man den Kopf schon weit in den Nacken legen, um das Sternbild Großer Wagen zu finden. Es befindet sich rechts oben im Nordosten. Am höchsten steht der Wagenkasten, während die Wagendeichsel Richtung Osthorizont zeigt. Verlängert man den Abstand der hinteren beiden Kastensterne fünfmal in jene Richtung, in die der Knick der Wagendeichsel zeigt, stößt man auf den Polarstern.

Die Kassiopeia liegt vom Polarstern aus gesehen wie ein Gegengewicht auf der dem Großen Wagen entgegengesetzten Seite. Fast exakt im Norden, sehr tief am Horizont, stößt man bei guter Sicht auf Deneb, den hellsten Stern des Schwans.

Vollmond und Neumond

2014		2015		2016		2017		2018	
16.	1. 30.	5.	20.	23.	9.	12.	28.	2. 31.	17.
2019		**2020**		**2021**		**2022**		**2023**	
21.	6.	9.	24.	28.	13.	18.	2.	7.	21.

Partielle Sonnenfinsternis: Am 20. März 2015 bedeckt der Mond einen großen Teil der Sonne.

Die Highlights des Monats

Partielle Sonnenfinsternis

Am **20. März 2015** gibt es im deutschen Sprachraum eine partielle Sonnenfinsternis zu sehen. Der Mond wandert dabei so vor der Sonne vorbei, dass nur eine schmale Sonnensichel übrigbleibt. Ungefähr um halb zehn beginnt sich die dunkle Mondscheibe von rechts vor die Sonne zu schieben, kurz nach 11.45 Uhr ist das Ereignis zu Ende – der Mond gibt die Sonne wieder frei.

Die nächste nennenswerte Sonnenfinsternis, die im deutschen Sprachraum zu sehen ist, findet im Jahr 2021 statt. Und erst 2026 wird im deutschen Sprachraum eine Sonnenfinsternis zu sehen sein, bei der der Mond unser Zentralgestirn noch weiter verdeckt als im Jahr 2015.

Wer das Schauspiel verfolgen will, muss seine Augen unbedingt vor der intensiven Sonnenstrahlung schützen (s. Seite 24). Das Aussehen der Sonnensichel hängt vom Ort der Beobachtung ab. Je weiter man sich im Norden befindet, desto schmaler wird sie.

In Flensburg zum Beispiel sind mehr als 80 Prozent der Sonnenscheibe verdeckt. Auf den Färöer-Inseln ist die Sonnenfinsternis total.

Großer Wagen
Zenit
Bootes
Arktur
Fuhrmann
Kapella
Perseus
Dreieck
Hamal
Widder
Plejaden
Ekliptik
Kastor
Pollux
Zwillinge
Stier
Aldebaran
Denebola
Löwe
Krebs
Regulus
Jungfrau
Osten
Beteigeuze
Prokyon
Kleiner Hund
Orion
Orion-Nebel
Rigel
Walfisch
Westen
Wasser-schlange
Alphard
Rabe
Becher
Sirius
Großer Hund
Hase
Himmelsanblick am
1.2. 24 Uhr
1.3. 22 Uhr
1.4. 20 Uhr

Der Sternenhimmel

Im März erscheint der Himmel beim Blick nach Süden zweigeteilt: rechts – Richtung Westen – stehen noch die hellen Sternbilder des Winters, links – Richtung Osten – die Frühlingssternbilder, die teilweise recht unauffällig sind. Rechts von der genauen Südrichtung stehen der Große Hund mit dem hellen Stern Sirius sowie die markante Figur des Orions im Südwesten. Die Sternbilder Fuhrmann, Perseus und Stier dominieren den Westhimmel. Kapella, der hellste Stern des Fuhrmanns, hat seine Position fast senkrecht über dem Beobachter aufgegeben und ist deutlich tiefer gesunken.

Winter ade

Nur die Sterne Kastor und Pollux in den Zwillingen stehen noch in großer Höhe. Zwischen den beiden Sternketten, die das Sternbild Zwillinge bilden, und Sirius tief am Südwesthorizont befindet sich der Kleine Hund mit dem hellen Prokyon. Die weit nach Westen gerückten Wintersternbilder signalisieren: der Frühling naht.
Blickt man nach Süden, steht linker Hand in größerer Höhe ein markantes Sternbild: der Löwe. Die Konturen dieser Figur kann man sich einprägen, indem man sich zwei Trapeze vorstellt. Das kleinere Trapez setzt rechts oben am größeren Trapez an und stellt den Kopf des Löwen dar. Das große Trapez, dessen unteren beide Ecken von zwei hellen Sternen markiert werden, ist der Körper des Löwen. Der hellere Stern heißt Regulus, der schwächere am anderen Ende des Löwen-Trapezes Denebola. Denebola kommt aus dem Arabischen und heißt „Schwanz des Löwen", Regulus aus dem Lateinischen und bedeutet „kleiner König". Bei dem Sternbild handelt es sich um den Löwen, den Herkules in der griechischen Sage besiegt hat. Das war nicht einfach, denn die Höhle des Löwen hatte zwei Ausgänge und das Fell des Tiers konnte weder von Eisen noch von Erz oder Stein durchdrungen werden. Nachdem Herkules' Waffen alle versagt hatten, erwürgte er den Löwen mit bloßen Händen.

Neues am Osthimmel

Tief im Osten steht die Jungfrau, ein unscheinbares Sternbild, das mit Spika nur einen auffälligen Stern besitzt. Er befindet sich allerdings noch unter dem Horizont. Dagegen ist der Bootes bereits aufgegangen. Er sieht wie ein Kinderdrachen aus, der auf der Seite liegt. Der Name des hellsten Sterns, Arktur, stammt aus dem Griechischen und bedeutet „Bärenhüter".

Die Sichtbarkeit der Planeten

2014

Venus ist am morgendlichen Osthimmel zu sehen.
Mars geht in den späteren Abendstunden im Osten auf und ist dann den Rest der Nacht in der Jungfrau zu sehen.
Jupiter in den Zwillingen steht abends hoch im Süden und geht erst in der zweiten Nachthälfte unter.
Saturn in der Waage geht nach Mitternacht im Osten auf und steht in der Morgendämmerung im Süden.

2015

Venus steht am abendlichen Westhimmel.
Mars ist unbeobachtbar.
Jupiter im Krebs steht abends im Südosten und geht erst in der Morgendämmerung im Westen unter.
Saturn im Skorpion geht nach Mitternacht im Südosten auf und steht in der Morgendämmerung im Süden.

Sonne – aber sicher!

Niemals darf man die Sonne direkt betrachten, auch nicht durch eine Sonnenbrille, eine CD oder andere Licht schwächende Gegenstände – und schon gar nicht mit einem Fernglas! Bleibende Schäden für die Augen sind sonst unvermeidlich. Sichere Sonnenfilterbrillen sind zum Beispiel im astronomischen Fachhandel erhältlich.

2016

Venus ist unbeobachtbar.
Mars in Bereich Waage/Skorpion geht um Mitternacht auf und steht morgens im Süden.
Jupiter im Löwen ist die ganze Nacht zu sehen.
Saturn im Schlangenträger geht in der zweiten Nachthälfte auf und steht morgens im Süden.

2017

Venus steht nach Sonnenuntergang im Westen.
Mars im Bereich Fische/Widder steht abends tief im Westen.
Jupiter in der Jungfrau geht vor Mitternacht auf.
Saturn im Schützen steht gegen Morgen im Südosten.

2018

Venus ist unbeobachtbar.
Mars im Schlangenträger/Schützen steht morgens tief im Südosten.
Jupiter in der Waage geht um Mitternacht auf und steht morgens hoch im Süden.
Saturn im Schützen steht am Morgenhimmel sehr tief im Südosten.

2019

Venus ist so gut wie unbeobachtbar.
Mars im Widder/Stier steht abends im Westen.
Jupiter im Schlangenträger steht morgens tief im Südosten.
Saturn im Schützen steht in der Morgendämmerung tief im Südosten.

Planetentreff März 2020: Tief am Südosthimmel stehen morgens Saturn, Jupiter und Mars. Am 18. kommt der Mond hinzu.

2020

Venus steht am Abendhimmel im Westen.
Mars im Schützen steht vor Sonnenaufgang tief im Südosten.
Jupiter im Schützen steht am Morgenhimmel tief im Südosten.
Saturn im Schützen steht am Morgenhimmel tief im Südosten.

2021

Venus ist unbeobachtbar.
Mars im Stier steht noch in der ersten Nachthälfte im Westen.
Jupiter ist quasi unbeobachtbar.
Saturn ist quasi unbeobachtbar.

2022

Venus ist quasi unbeobachtbar.
Mars bleibt quasi unbeobachtbar.
Jupiter ist unbeobachtbar.
Saturn ist unbeobachtbar.

2023

Venus ist abends im Westen zu sehen.
Mars im Stier steht am Abendhimmel im Südwesten und geht in den Stunden nach Mitternacht unter.
Jupiter steht nach Sonnenuntergang tief im Westen und wird im Lauf des Monats unbeobachtbar.
Saturn ist quasi unbeobachtbar.

So findet man den Polarstern

Wer in diesem Monat den Großen Wagen finden möchte, muss seinen Kopf in den Nacken legen: Der Wagenkasten des Sternbilds hat seine Höchststellung fast erreicht. Blickt man nach Norden, findet man den Polarstern, indem man den Abstand der beiden hinteren Kastensterne fünfmal fast senkrecht nach unten verlängert.

Schaut man sich den Stern am Knick der Wagendeichsel genauer an, kann man dicht bei ihm einen zweiten schwächeren Lichtpunkt erkennen. Es handelt sich um Mizar und das Reiterlein Alkor. Die Kassiopeia in Horizontnähe erinnert in ihrer jetzigen Position an den Buchstaben W; tief am Nordhorizont funkeln Deneb und Wega.

Vollmond und Neumond

2014		2015		2016		2017		2018	
15.	29.	4.	18.	22.	7.	11.	26.	30.	16.
2019		**2020**		**2021**		**2022**		**2023**	
19.	5.	8.	23.	27.	12.	16.	1. 30.	6.	20.

Morgenhimmel, 5. April 2022: Venus, Mars und Saturn sind tief im Südosten zu finden. Mars und Saturn stehen dicht beisammen.

Die Highlights des Monats

Versammlung am Morgenhimmel

Anfang **April 2022** stehen die Planeten Venus, Mars und Saturn gemeinsam am Morgenhimmel. Um sie gut zu sehen, sind ein freier Blick nach Osten bis zum Horizont und möglichst klare Luft erforderlich. Auch ein Fernglas ist sehr hilfreich. Die drei Planeten stehen phasenweise so nah beisammen, dass sie hinter die Faust eines ausgestreckten Armes passen. Venus ist deutlich heller als Mars und Saturn. Während die drei Planeten am Monatsersten noch ein sehr flaches, fast gleichschenkliges Dreieck bilden, nähern sich Saturn und Mars bis zum 5. April immer weiter an. Dann stehen sie beide am Himmel fast in derselben Richtung und passen locker hinter den Daumen des ausgestreckten Arms. In Wirklichkeit sind sie natürlich unterschiedlich weit von uns weg – es trennen sie mehrere hundert Millionen Kilometer. Im weiteren Monatsverlauf entfernen sich dann Venus und Mars immer weiter von Saturn, und Venus nähert sich stark Jupiter an. Allerdings beeinträchtigt die nun immer früher einsetzende Morgendämmerung die Sichtbarkeit dieser Begegnung.

Herkules
Nördl. Krone
Gemma
Mizar
Großer Wagen
Zenit
Fuhrmann
Kapella
Plejaden
Jagdhunde
Bootes
Arktur
Frühlings-
dreieck
Kastor
Pollux
Zwillinge
Ekliptik
Stier
Aldebaran
Schlange
Denebola
Löwe
Krebs
Beteigeuze
Regulus
Prokyon
Kleiner Hund
Orion
Jungfrau
Orion-
Nebel
Rigel
Osten
Waage
Wasser-
schlange
Alphard
Westen
Spika
Sirius
Großer Hund
Becher
Rabe
Himmelsanblick am
1.4. 22 Uhr
1.3. 24 Uhr
1.2. 2 Uhr

Der Sternenhimmel

Im April stößt man beim Blick nach Süden auf das Sternbild Löwe mit den beiden hellen Sternen Denebola und Regulus. Der Löwe steht recht hoch am Himmel und ist in dieser Gegend die einzige markante Figur, die ins Auge fällt. Dreht man den Kopf weiter nach links, stößt man auf zwei weitere helle Sterne am Südosthimmel: Arktur und Spika. Zusammen mit Regulus bilden diese funkelnden Lichtpunkte das so genannte Frühlingsdreieck. Der Name erklärt sich aus der Tatsache, dass diese drei Sterne besonders gut am abendlichen Frühlingshimmel zu sehen sind.

Auffällige Sterne

Spika ist der hellste Stern im Sternbild Jungfrau, einer großen, aber relativ unauffälligen Figur. Wie Regulus im Löwen hat Spika blauweiße Farbe, Arktur im Bootes leuchtet dagegen rötlich. Der hellste Stern des Sternbilds Bootes gehört auch zu den drei hellsten Sternen, die man vom deutschen Sprachraum aus überhaupt am Himmel sehen kann. Um diese Uhrzeit liegt der Bootes, der auch als Ochsentreiber bezeichnet wird, waagerecht am Osthimmel. Die Form des Sternbilds erinnert an einen Kinderdrachen oder eine Eistüte, wobei Arktur jeweils die untere Spitze darstellt. Links unterhalb des großen Bootes liegt ein kleines Sternbild aus schwächeren Sternen, die einen Halbkreis bilden: die Nördliche Krone. Der hellste Stern der Krone steht in der Mitte des Halbkreises und heißt Gemma, was der lateinische Begriff für „Edelstein" ist.

So wie Arktur und Regulus mit Spika ein Dreieck bilden, tun sie dies auch mit dem hellsten Stern der Jagdhunde. Das kleine Sternbild steht zwischen dem Bootes und dem Großen Wagen, seine Figur besteht wie die des Kleinen Hundes nur aus zwei Sternen. Allerdings leuchten die beiden Sterne der Jagdhunde nicht so hell.

Ein Funkeln am Horizont

Tief am Südwesthimmel geht gerade die markante Figur des Orion unter. Links von diesem Sternbild funkelt auch noch Sirius, der hellste Stern des Himmels, im Horizontdunst. Von den Wintersternbildern sind nur noch der Kleine Hund mit Prokyon, die Zwillinge mit Kastor und Pollux sowie der Fuhrmann mit Kapella gut zu beobachten. Der rötlich leuchtende Aldebaran im Stier steht dagegen schon tief am Westhorizont.

Die Sichtbarkeit der Planeten

2014

Venus ist unbeobachtbar.
Mars steht abends tief am Osthimmel in der Jungfrau und geht gegen Ende der Nacht unter.
Jupiter in den Zwillingen steht abends hoch im Südwesten und geht erst in der zweiten Nachthälfte unter.
Saturn in der Waage geht vor Mitternacht im Südosten auf und steht morgens im Südwesten.

2015

Venus ist ein auffälliges Objekt am abendlichen Westhimmel.
Mars ist unbeobachtbar.
Jupiter im Krebs steht in der Abenddämmerung hoch im Süden und geht erst kurz vor Beginn der Morgendämmerung im Westen unter.
Saturn im Skorpion geht gegen Mitternacht auf und steht zum Ende der Nacht halbhoch im Süden.

Erlebnis Astronomie

In vielen Städten und Gemeinden gibt es Planetarien und Volkssternwarten. Dort kann man mehr über den Sternhimmel erfahren. Adressen stehen beispielsweise im Internet (www.astronomie.de/gad) und im jährlich erscheinenden Buch „Kosmos Himmelsjahr“.

2016

Venus ist unbeobachtbar.
Mars im Schlangenträger ist in der zweiten Nachthälfte im Süden zu sehen.
Jupiter im Löwen steht abends schon hoch im Süden und ist die ganze Nacht zu sehen.
Saturn im Schlangenträger geht in der zweiten Nachthälfte auf und steht morgens im Süden.

2017

Venus ist unbeobachtbar.
Mars im Widder/Stier steht abends sehr tief im Westen.
Jupiter in der Jungfrau ist die ganze Nacht zu beobachten.
Saturn im Schützen ist in der zweiten Nachthälfte zu sehen.

2018

Venus ist so gut wie unbeobachtbar.
Mars im Schützen steht morgens tief im Südosten.
Jupiter in der Waage ist fast die ganze Nacht zu sehen.
Saturn im Schützen geht in der zweiten Nachthälfte auf und steht morgens im Süden.

2019

Venus ist unbeobachtbar.
Mars im Stier steht abends tief im Westen.
Jupiter im Schlangenträger geht in der zweiten Nachthälfte auf.
Saturn im Schützen steht in der Morgendämmerung im Südosten.

Begegnung am Abendhimmel 2012: Der Mond gesellt sich zu den hellen Planeten Venus (oben) und Jupiter.

2020

Venus steht am Abendhimmel im Westen.
Mars im Steinbock steht vor Sonnenaufgang tief im Südosten.
Jupiter im Schützen steht morgens tief im Südosten.
Saturn im Steinbock steht morgens tief im Südosten.

2021

Venus ist unbeobachtbar.
Mars im Stier steht in der ersten Nachthälfte im Westen.
Jupiter im Steinbock steht kurz vor Sonnenaufgang tief im Südosten.
Saturn im Steinbock steht kurz vor Sonnenaufgang tief im Südosten.

2022

Venus ist unbeobachtbar.
Mars bleibt quasi unbeobachtbar.
Jupiter ist unbeobachtbar.
Saturn im Steinbock wird im Lauf des Monats tief im Südosten kurz vor Sonnenaufgang sichtbar.

2023

Venus ist abends im Westen zu sehen.
Mars in den Zwillingen steht abends im Südwesten und geht bald nach Mitternacht unter.
Jupiter ist unbeobachtbar.
Saturn im Wassermann taucht gegen Monatsende kurz vor Sonnenaufgang im Südosten auf.

So findet man den Polarstern

Beim Blick in Richtung Norden sieht man den Großen Wagen hoch am Himmel stehen – fast senkrecht über dem Beobachter. Links liegt der „umgedrehte“ Wagenkasten, rechts die Deichsel, deren Knick nun nach unten zeigt. Die Hinterachse des Wagens kann man nun fast senkrecht nach unten fünfmal verlängern, um den Polarstern zu finden. Da der Große Wagen nun seine höchste Stellung erreicht hat, steht die Kassiopeia dicht über dem Nordhorizont als Himmels-W.

Den Nordhimmel rahmen zwei helle Sterne ein, die ungefähr in der gleichen Höhe wie die Kassiopeia stehen: links Kapella im Fuhrmann, rechts Deneb im Schwan.

Vollmond und Neumond

2014		2015		2016		2017		2018	
14.	28.	4.	18.	21.	6.	10.	25.	29.	15.
2019		**2020**		**2021**		**2022**		**2023**	
18.	4.	7.	22.	26.	11.	16.	30.	5.	19.

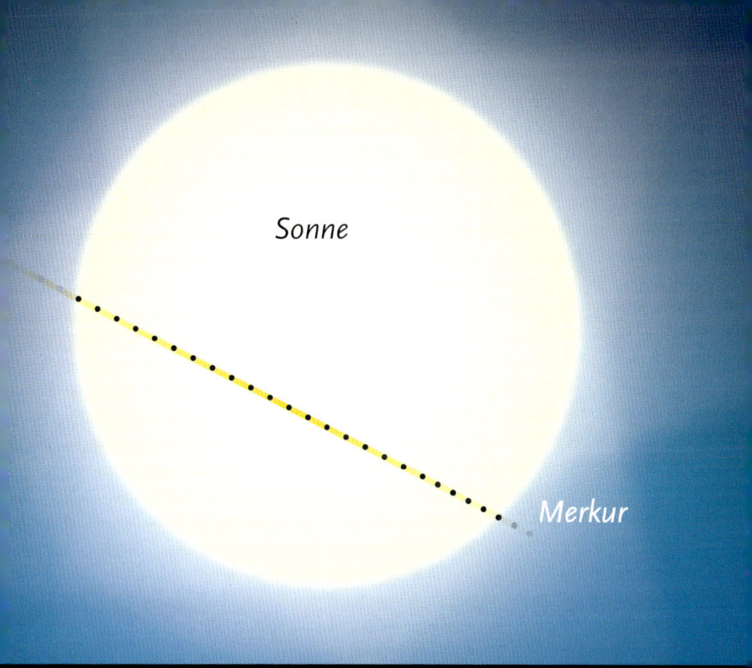

Planet auf der Sonne: Am 9. Mai 2016 zieht Merkur nachmittags über die Sonnenscheibe.

Die Highlights des Monats

Merkur vor der Sonne
Am **9. Mai 2016** wandert Merkur von der Erde aus betrachtet vor der Sonne vorbei. Der Planet, der als winziges, schwarzes Pünktchen erscheint, bewegt sich im Lauf von mehreren Stunden über die Sonnenscheibe hinweg. Etwa um 13.15 Uhr Sommerzeit taucht Merkur am linken Rand der Sonne ungefähr in der Mitte auf. Bis zum Sonnenuntergang gegen 20.50 Uhr Sommerzeit wandert der Planet dann über die Sonnenscheibe und verlässt sie an ihrem unteren Rand.
Das seltene Ereignis ist mit dem Auge nicht zu sehen, ein Fernglas ist mindestens erforderlich. Wer das Ereignis verfolgen will, muss seine Augen aber unbedingt vor der intensiven Sonnenstrahlung schützen (s. Seite 24)! Einfacher geht das bei einem Besuch auf einer Volkssternwarte, wo man das Schauspiel gefahrlos an einem Fernrohr verfolgen kann (s. Seite 30, Kasten).
Am **11. November 2019** ereignet sich nochmals ein Merkurtransit (s. Seite 73), bei dem die Sonne allerdings nicht so günstig am Himmel steht. Wenn die Sonne um etwa 16.45 Uhr untergeht, steht Merkur noch vor ihr.

Leier
Herkules
Nördl. Krone
Gemma
Bootes
Arktur
Mizar
Großer Wagen
Zenit
Jagdhunde
Zwillinge
Kastor
Pollux
Krebs
Kleiner Hund
Prokyon
Schlange
Schlangen-träger
Osten
Denebola
Löwe
Regulus
Ekliptik
Jungfrau
Spika
Wasser-schlange
Alphard
Westen
Waage
Rabe
Becher
Himmelsanblick am
1.5. 22 Uhr
1.4. 24 Uhr
1.3. 2 Uhr

Der Sternenhimmel

Im Mai dominiert noch immer das Frühlingsdreieck den Himmelsanblick in Richtung Süden: Regulus im Löwen steht schon deutlich im Südwesten, während Spika in der Jungfrau im Süden und Arktur im Bootes am Südosthimmel steht. Das Sternbild Jungfrau wurde in der Mythologie ursprünglich mit der Göttin der Fruchtbarkeit identifiziert. Daran erinnert heute noch die Kornähre (Spika heißt „Kornähre“), die die Figur auf alten Sternkarten trägt, in die man noch die Sagengestalten eingezeichnet hatte. Wenn das Sternbild vor 6000 Jahren erstmals wieder am Morgenhimmel auftauchte, war dies für die damaligen Bauern das Signal, mit der Ernte zu beginnen.

Von Ochsen und Bären

Der Name des Sterns Arktur stammt von dem griechischen Wort für Bär („Arktos“) ab und bedeutet Bärenhüter. Der Große Wagen, der nun senkrecht über dem Kopf des Beobachters am Nordhimmel steht, ist in Wirklichkeit der Teil eines viel ausgedehnteren Sternbilds, das Großer Bär heißt. Der Name „Bärenhüter“ leitet sich daraus ab, dass das Sternbild Bootes (der Bärenhüter) im Lauf eines Jahres den Großen Bären immer vor sich hertreibt. Die Römer sahen in der Gestalt des Bootes dagegen einen Hirten, der sieben Dreschochsen – die sieben Sterne des Großen Wagens – behütet und ihnen auf ihrem Weg um den Polarstern nicht von der Seite weicht. Links unterhalb des Bootes liegt die Nördliche Krone, deren Halbkreis dem kleinen Sternbild ein markantes Erscheinungsbild verleiht. Direkt unterhalb der Krone steht am Osthimmel der Herkules, ein großes Sternbild, das allerdings nur aus blassen Sternen besteht. Am auffälligsten ist dabei noch der Oberkörper dieser griechischen Sagengestalt: Vier schwächere Sterne bilden ein etwas verzerrtes Rechteck, von dessen Ecken lange Ketten aus schwachen Sternen ausgehen.

Vorboten des Sommers

Tief am Nordosthimmel sind schließlich die ersten Sternbilder des Sommerhimmels zu sehen. Vor allem der helle Stern Deneb (im Schwan) fällt bei einem flüchtigen Blick ins Auge (s. Nordkarte S. 32).

Dagegen halten sich am Westhimmel noch die letzten Wintersternbilder: Kleiner Hund, Zwillinge und Fuhrmann. Die hellen Sterne Prokyon, Pollux, Kastor und Kapella fallen sofort ins Auge (s. Nordkarte S. 32).

Die Sichtbarkeit der Planeten

2014

Venus ist unbeobachtbar.
Mars steht abends im Süden in der Jungfrau und geht in der zweiten Nachthälfte unter.
Jupiter in den Zwillingen steht abends bereits am Westhimmel und geht noch vor Mitternacht unter.
Saturn in der Waage steht in der Abenddämmerung im Südosten, um Mitternacht im Süden und in der Morgendämmerung im Südwesten.

2015

Venus steht in der Abenddämmerung am Westhimmel.
Mars ist unbeobachtbar.
Jupiter im Krebs steht in der Abenddämmerung im Südwesten und geht in der zweiten Nachthälfte unter.
Saturn in der Waage geht in der ersten Nachthälfte im Osten auf und steht in der Morgendämmerung im Südwesten.

2016

Venus ist unbeobachtbar.
Mars im Skorpion geht vor Mitternacht auf und steht morgens im Süden.
Jupiter im Löwen ist die ganze Nacht zu sehen.
Saturn im Schlangenträger ist fast die ganze Nacht zu sehen.

2017

Venus ist so gut wie unbeobachtbar.
Mars ist quasi unbeobachtbar.
Jupiter in der Jungfrau steht in der Abenddämmerung im Süden.
Saturn im Schützen/Schlangenträger ist in der zweiten Nachthälfte zu sehen.

2018

Venus steht nach Sonnenuntergang tief im Westen.
Mars im Schützen/Steinbock steht in der Morgendämmerung im Südosten.
Jupiter in der Waage ist die ganze Nacht zu beobachten.
Saturn im Schützen ist in der zweiten Nachthälfte zu sehen.

2019

Venus ist unbeobachtbar.
Mars in den Zwillingen steht abends tief im Westen.
Jupiter im Schlangenträger ist fast die ganze Nacht zu sehen.
Saturn im Schützen ist in der zweiten Nachthälfte im Südosten zu sehen.

Den Himmel erleben

Wer sich intensiver mit dem Sternhimmel befassen will, braucht die richtigen Hilfsmittel: eine drehbare Sternkarte, ein Jahrbuch und ein Einführungsbuch in die Astronomie. Eine drehbare Sternkarte zeigt den Himmelsanblick zu beliebigen Zeitpunkten, ein Jahrbuch informiert über alle veränderlichen Himmelsereignisse. Der Kosmos-Verlag bietet hier ein umfangreiches Sortiment.

25. Mai 2022: Die Sichel des abnehmenden Mondes steht in der Morgendämmerung tief im Osten bei Jupiter und Mars.

2020

Venus steht abends tief im Nordwesten.
Mars im Bereich Steinbock/Wassermann steht vor Sonnenaufgang tief im Südosten.
Jupiter im Schützen steht morgens tief im Süden.
Saturn im Steinbock steht morgens tief im Süden.

2021

Venus ist abends kurz im Nordwesten zu sehen.
Mars in den Zwillingen ist abends noch kurz tief im Westen zu sehen.
Jupiter im Wassermann steht morgens tief im Südosten.
Saturn im Steinbock steht morgens tief im Südosten.

2022

Venus ist unbeobachtbar.
Mars bleibt quasi unbeobachtbar.
Jupiter in den Fischen wird im Lauf des Monats tief im Südosten kurz vor Sonnenaufgang sichtbar.
Saturn im Steinbock steht in den Morgenstunden tief im Südosten.

2023

Venus ist abends im Westen zu sehen.
Mars im Bereich Zwillinge/Krebs steht abends im Südwesten und geht um Mitternacht unter.
Jupiter ist unbeobachtbar.
Saturn im Wassermann steht vor Sonnenaufgang im Südosten.

So findet man den Polarstern

Beim Blick nach Norden fällt das Auge auf den Großen Wagen, der noch immer hoch im Nordwesten steht. Das Sternbild steht sozusagen auf seinen hinteren beiden Kastensternen, die Deichsel schräg nach oben in die Höhe gereckt. Verlängert man den Abstand der beiden hinteren Kastensterne um das Fünffache in die Richtung, in die der Knick der Wagendeichsel zeigt, stößt man auf den Polarstern. Zieht man in Gedanken eine Linie von der Wagendeichsel über den Polarstern bis zum Nordhorizont, stößt man auf die Kassiopeia, deren Form an den Buchstaben W erinnert. Tief im Nordwesten ist bei guter Horizontsicht die funkelnde Kapella zu erkennen.

Vollmond und Neumond

2014		2015		2016		2017		2018	
13.	27.	2.	16.	20.	5.	9.	24.	28.	13.
2019		**2020**		**2021**		**2022**		**2023**	
17.	3.	5.	21.	24.	10.	14.	29.	4.	18.

Partielle Sonnenfinsternis: Am 10. Juni 2021 bedeckt der Mond einen kleinen Teil der Sonne.

Die Highlights des Monats

Partielle Sonnenfinsternis
Am **10. Juni 2021** verdeckt der Mond für den deutschsprachigen Raum einen kleinen Teil der Sonnenscheibe. Diese partielle Sonnenfinsternis ereignet sich in den Mittagsstunden, daher ist sie bei klarem Himmel ideal zu verfolgen. Der Mond beginnt sich gegen 11.45 Uhr von rechts kommend vor die Sonnenscheibe zu schieben. Gegen 13.30 Uhr ist das Schauspiel vorüber.
Der Mond wandert in diesen knapp zwei Stunden über den oberen Teil der Sonnenscheibe. Die maximale Verfinsterung tritt ungefähr gegen 12.30 Uhr ein. Wie stark die Sonne für den deutschsprachigen Raum verfinstert wird, hängt vom Standort des Beobachters ab. Auf Sylt sind es 21 Prozent, in Klagenfurt nur drei Prozent. Je weiter nördlich und westlich der Beobachtungsort ist, desto stärker fällt die Verfinsterung aus.
Wer das Ereignis verfolgen will, muss unbedingt seine Augen vor der intensiven Sonnenstrahlung schützen (s. Seite 24).
Für Kanadas Osten, Grönland und den Osten Russlands ist diese Sonnenfinsternis ringförmig – die Mondscheibe steht also mittig vor der Sonnenscheibe, ist aber etwas kleiner als diese.

Schwan
Drache
Mizar
Zenit
Großer Wagen
Kastor
Zwillinge
Pollux
Wega
Albireo
Leier
Herkules
Pfeil
Nördl. Krone
Gemma
Jagdhunde
Bootes
Krebs
tair
Adler
Arktur
Denebola
Löwe
Regulus
Schlange
Schlangenträger
Ekliptik
Wasserschlange
Jungfrau
Alphard
Spika
Waage
Becher
Rabe
Antares
Skorpion
Osten
Westen
Süden
Himmelsanblick am
1.6. 22 Uhr
1.5. 24 Uhr
1.4. 2 Uhr

Der Sternenhimmel

Im Juni wird es in weiten Teilen des deutschen Sprachraums nicht richtig dunkel. Diese Zeit der weißen Nächte dauert umso länger, je weiter man im Norden wohnt. Nur südlich einer Linie Straßburg-Passau wird es noch völlig dunkel, allerdings dauert auch hier die Nacht nur wenige Stunden.
Beim Blick an den Südhimmel fällt zuerst der Bootes mit dem rötlich leuchtenden Arktur ins Auge. Links davon steht das Sternbild Nördliche Krone mit dem funkelnden Edelstein Gemma, dem hellsten Stern der Krone. Unterhalb von Bootes und Krone stößt man auf schwächere Sternbilder, nur Spika in der Jungfrau macht da eine Ausnahme.

Ein Leuchten im Südosten
Tief im Südosten ist ein Teil des Sternbilds Skorpion zu sehen. Am auffälligsten funkelt Antares, der zu den 20 hellsten Sternen des Nachthimmels gehört. Antares bedeutet im Griechischen „Gegen-Mars". Der Name erklärt sich durch das rötliche Leuchten des Sterns, das an die Farbe des Mars erinnert. In der griechischen Mythologie tötete der Skorpion mit einem Stich seines Stachels den Himmelsjäger Orion. Um das Sternbild des Skorpions jedoch in ganzer Pracht zu sehen, muss man weit in südliche Gefilde reisen. Von Mitteleuropa aus ist die Figur nämlich nie ganz zu sehen.
Am Osthimmel sind nun bereits die drei markantesten Sternbilder des Sommerhimmels zu sehen: Leier, Schwan und Adler. Ihre jeweils hellsten Sterne – Wega, Deneb (s. S. 38) und Atair – leuchten weiß. Zwischen Leier und Nördlicher Krone stößt man auf das große Sternbild Herkules.

Löwe im Sturzflug
Das Frühlingsdreieck aus Arktur, Spika und Regulus ist nun vollständig auf die westliche Himmelshälfte vorgerückt. Regulus im Löwen steht bereits in relativ geringer Höhe am Westhimmel; das königliche Tier stürzt sich mit dem Kopf voraus (das kleinere der beiden Sterntrapeze) in Richtung Horizont. Dagegen befinden sich die Jagdhunde zwischen Löwe und Großem Wagen noch hoch oben am Himmel. Die beiden Sterne, die das Sternbild markieren, sind zwar nicht besonders hell, aber wegen der Nähe zur Deichsel des Großen Wagens leicht zu finden.
Von den Sternen des Winterhimmels behaupten sich, der Jahreszeit entsprechend, nur noch Kastor und Pollux in den Zwillingen im Dunst des Westhorizonts.

Die Sichtbarkeit der Planeten

2014

Venus ist unbeobachtbar.
Mars steht abends im Südwesten in der Jungfrau und geht dann in der zweiten Nachthälfte unter.
Jupiter ist unbeobachtbar.
Saturn in der Waage steht in der Abenddämmerung im Süden und geht in der zweiten Nachthälfte im Südwesten unter.

2015

Venus steht in der Abenddämmerung am Westhimmel.
Mars ist unbeobachtbar.
Jupiter steht in der Abenddämmerung am Westhimmel und geht nach Mitternacht unter.
Saturn im Grenzgebiet Waage/Skorpion/Schlangenträger steht in der Abenddämmerung im Süden und verschwindet mit der Morgendämmerung.

2016

Venus ist unbeobachtbar.
Mars in der Waage ist die ganze Nacht zu sehen.
Jupiter im Löwen geht in der zweiten Nachthälfte unter.
Saturn im Schlangenträger ist die ganze Nacht zu sehen.

2017

Venus ist so gut wie unbeobachtbar.
Mars ist unbeobachtbar.
Jupiter in der Jungfrau ist die ganze Nacht zu sehen.
Saturn im Schlangenträger ist die ganze Nacht zu sehen.

2018

Venus steht nach Sonnenuntergang tief im Westen.
Mars im Steinbock ist die ganze Nacht zu sehen.
Jupiter in der Waage ist fast die ganze Nacht zu sehen.
Saturn im Schützen ist die ganze Nacht zu sehen.

2019

Venus ist unbeobachtbar.
Mars ist faktisch unbeobachtbar.
Jupiter im Schlangenträger ist die ganze Nacht zu sehen.
Saturn im Schützen ist die ganze Nacht zu sehen.

Sterne des Südens

Bei einer Fernreise verändert sich der Anblick des Sternhimmels grundlegend. Beispielsweise kann man vom Süden Afrikas, Australiens oder Südamerikas den Großen Wagen nicht mehr sehen, von der Mitte oder vom Norden dieser Kontinente aus dagegen schon. Viele Sternbilder des Südhimmels wiederum sind in Mitteleuropa nie oder nur teilweise zu sehen.
Für einen Betrachter auf der Südhalbkugel der Erde gehen die Sterne zwar weiterhin im Osten auf und im Westen unter, aber sie erreichen ihre größte Höhe über dem Horizont im Norden. Auch die Sonne steht mittags im Norden.

Partielle Sonnenfinsternis 2011: Hinter einer Wolkenschicht geht die vom Mond teilweise verfinsterte Sonne auf.

2020

Venus bleibt unbeobachtbar.
Mars im Bereich Wassermann/Fische steht vor Sonnenaufgang tief im Südosten.
Jupiter im Schützen geht bald nach Mitternacht auf und steht morgens im Süden.
Saturn im Steinbock geht bald nach Mitternacht auf und steht morgens im Süden.

2021

Venus steht am Abendhimmel tief im Nordwesten.
Mars im Bereich Zwillinge/Krebs wird unbeobachtbar.
Jupiter im Wassermann geht um Mitternacht auf und steht morgens im Süden.
Saturn im Steinbock geht um Mitternacht auf und steht morgens im Süden.

2022

Venus ist quasi unbeobachtbar.
Mars in den Fischen steht vor Sonnenaufgang tief im Osten.
Jupiter in den Fischen steht morgens im Osten.
Saturn im Steinbock wird langsam zum Planeten der zweiten Nachthälfte und steht vor Sonnenaufgang im Süden.

2023

Venus ist abends im Westen zu sehen.
Mars im Krebs und Löwen wird im Lauf des Monats unbeobachtbar.
Jupiter im Widder ist in den Morgenstunden im Osten zu sehen.
Saturn im Wassermann wird zum Planeten der zweiten Nachthälfte und steht morgens im Südosten.

So findet man den Polarstern

Der Große Wagen steht in mittleren Höhen im Nordwesten, die Deichsel senkrecht nach oben gereckt. Die hinteren beiden Kastensterne weisen fast waagerecht den Weg zum Polarstern: Verlängert man den Abstand der hinteren beiden Kastensterne fünfmal nach rechts, also in die Richtung, in die der Knick der Deichsel zeigt, trifft man auf den isoliert stehenden Polarstern. Die Kassiopeia hat sich rechter Hand im Nordosten bereits wieder aus den horizontnahen Dunstschichten erhoben. Ihre fünf hellen Sterne formen das Himmels-W.
Ganz tief am Nordhorizont kann man bei sehr klarer Luft vielleicht noch den hellen Stern Kapella schwach funkeln sehen.

Vollmond und Neumond

2014		2015		2016		2017		2018	
12.	27.	2. 31.	16.	19.	4.	9.	23.	27.	13.
2019		**2020**		**2021**		**2022**		**2023**	
16.	2.	5.	20.	24.	10.	13.	28.	3.	17.

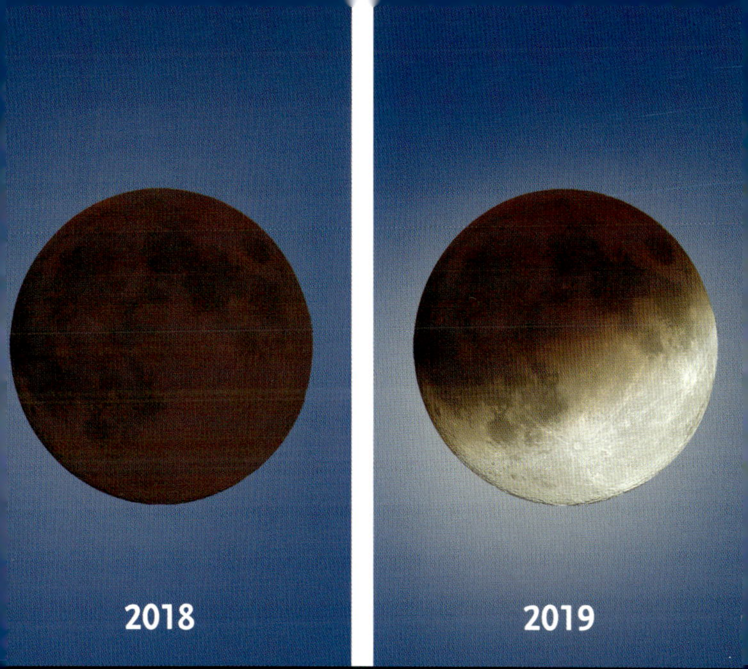

Mondfinsternisse 2018 und 2019: So wird der Mond am 27. Juli 2018 und am 16. Juli 2019 verfinstert.

Die Highlights des Monats

Totale Mondfinsternis
Am Abend des **27. Juli 2018** geht der Mond um etwa 21 Uhr auf und ist dann bereits zum Teil verfinstert. Zwischen ungefähr 21.15 und 23.15 Uhr verschwindet er dann vollständig im Erdschatten und sieht aus wie eine überdimensionale, mehr oder minder rötliche Murmel. Der Mond steigt in dieser Zeit höher und höher am Himmel. Etwa eine halbe Stunde nach Mitternacht endet die Verfinsterung. Der Mond steht jetzt fast im Süden. In rund sechs Monaten findet die nächste Mondfinsternis statt, die im deutschsprachigen Raum zu sehen ist; sie ist erneut total (s. Seite 9).

Partielle Mondfinsternis
Am **16. Juli 2019** wandert ein Teil des Mondes durch den Erdschatten. Wenn diese partielle Finsternis beginnt, ist der Mond erst kurz zuvor aufgegangen und es ist noch nicht richtig dunkel geworden. Gegen 23.30 Uhr ist unser Trabant dann maximal verfinstert, nur der unterste Teil des Mondes bleibt unverändert hell. Der Mond steht dann noch immer tief im Südosten. Ungefähr um 1 Uhr hat er den Erdschatten dann wieder vollständig verlassen.

Drache
Mizar
Großer Wagen
Zenit
Deneb
Schwan
Wega
Jagdhunde
Leier
Herkules
Nördl.
Krone
Bootes
Löwe
Albireo
Delfin
Pfeil
Gemma
Regulus
Enif
Arktur
Denebo a
Atair
Adler
Schlange
Jung rau
Osten
Schlangen-
träger
Westen
Schild
Waage
Spika
Ra e
Ekliptik
Antares
Schütze
Skorpion
Himmelsanblick am
1.7. 22 Uhr
1.6. 24 Uhr
1.5. 2 Uhr

Der Sternenhimmel

Im Juli fällt beim Blick nach Süden nur ein heller Stern ins Auge: Antares im Skorpion, der nun seine höchste Stellung über dem Horizont erreicht hat. Der rötlich leuchtende Stern bildet quasi das Gegengewicht zu den anderen hellen Sternen, die am Ost- und Westhimmel stehen. Hoch im Süden, fast senkrecht über unseren Köpfen, befindet sich jetzt das ausgedehnte Sternbild Herkules. Den Oberkörper der griechischen Sagengestalt formen vier schwächere Sterne, die in der Form eines relativ gleichmäßigen Trapezes angeordnet sind.

Himmlischer Held

Auf alten Sternkarten mit figürlichen Darstellungen der Sternbilder sieht man den kräftigen Herkules gekleidet in ein Löwenfell und bewaffnet mit einer mächtigen Keule. Die griechische Sagengestalt ist berühmt für ihre zwölf Heldentaten: Unter anderem erlegte Herkules den nemeischen Löwen, die lernäische Wasserschlange und den Krebs, außerdem fing er den kretischen Stier und holte die goldenen Äpfel der Hesperiden, die von einem Drachen bewacht wurden. Nebenbei befreite Herkules den Prometheus, dem ein Adler die Leber bei lebendigem Leib heraushackte. Herkules erschoss den Vogel mit einem Pfeil. Die Figuren dieser Heldentaten finden wir heute noch alle als Sternbilder am Himmel: Löwe, Wasserschlange, Krebs, Stier, Drache, Adler und Pfeil – am Frühlings- und Sommerhimmel.
In der westlichen Himmelshälfte haben sich inzwischen die typischen Sternbilder des Frühlingshimmels versammelt. Löwe und Jungfrau neigen sich schon deutlich ihrem Untergang entgegen. Dominierendes Sternbild in dieser Himmelsregion bleibt der Bootes mit dem hellen, rötlich leuchtenden Arktur.

Blick auf die Milchstraße

Die Osthälfte des Himmels haben nun die Sommersternbilder in Beschlag genommen. Leier, Schwan und Adler sind dabei die drei beherrschenden Sternbilder, weil sie jeweils einen sehr hellen Stern enthalten: Wega in der Leier, Deneb im Schwan und Atair im Adler. Im Bereich dieser Sternbilder lässt sich vom deutschen Sprachraum aus die Milchstraße am besten beobachten. Um das diffuse Band zu erkennen, muss es ganz dunkel geworden sein, und der Mond darf nicht am Himmel stehen, weil er sonst alles überstrahlt. Außerdem sollten sich die Augen bereits an die Dunkelheit gewöhnt haben.

Die Sichtbarkeit der Planeten

2014

Venus ist unbeobachtbar.
Mars steht am Abendhimmel tief im Südwesten in der Jungfrau und geht bald nach Mitternacht unter.
Jupiter ist unbeobachtbar.
Saturn in der Waage steht in der Abenddämmerung im Südwesten und geht nach Mitternacht unter.

2015

Venus ist unbeobachtbar.
Mars ist unbeobachtbar.
Jupiter ist unbeobachtbar.
Saturn in der Waage steht in der Abenddämmerung im Südwesten und geht in der zweiten Nachthälfte unter.

2016

Venus ist unbeobachtbar.
Mars steht in der Waage und zieht sich aus der zweiten Nachthälfte zurück.
Jupiter ist faktisch nicht beobachtbar.
Saturn im Schlangenträger geht in der zweiten Nachthälfte unter.

2017

Venus steht in der Morgendämmerung tief im Osten.
Mars ist unbeobachtbar.
Jupiter in der Jungfrau steht abends schon tief im Westen.
Saturn im Schlangenträger ist fast die ganze Nacht zu sehen.

2018

Venus steht nach Sonnenuntergang tief im Westen.
Mars im Steinbock ist die ganze Nacht zu sehen.
Jupiter in der Waage steht abends schon tief im Südwesten und geht gegen Mitternacht unter.
Saturn im Schützen ist fast die ganze Nacht zu sehen.

2019

Venus ist unbeobachtbar.
Mars ist unbeobachtbar.
Jupiter im Schlangenträger geht in der zweiten Nachthälfte unter.
Saturn im Schützen ist fast die ganze Nacht zu sehen.

2020

Venus taucht gegen Monatsende morgens tief im Osten auf.
Mars in den Fischen steht in den Morgenstunden im Südosten.
Jupiter im Schützen ist die ganze Nacht zu sehen.
Saturn im Schützen ist die ganze Nacht zu sehen.

Großer Horizontmond

Kurz nach seinem Aufgang sieht der Mond deutlich größer aus, als wenn er hoch am Himmel steht, besonders im Vergleich zu einem Haus oder Baum. Ein ganz ähnlicher Eindruck entsteht beim untergehenden Mond. In Wirklichkeit ist unser Trabant jedoch immer gleich groß, das Phänomen spielt sich lediglich als optische Täuschung in unseren Köpfen ab.

Den Himmel live erleben:
Ein Besuch auf einer Volkssternwarte lohnt sich immer.

2021

Venus steht am Abendhimmel sehr tief im Westen.
Mars ist unbeobachtbar.
Jupiter im Wassermann ist fast die ganze Nacht zu sehen und steht morgens im Süden.
Saturn im Steinbock ist fast die ganze Nacht zu sehen und steht morgens im Südwesten.

2022

Venus ist quasi unbeobachtbar.
Mars im Bereich Fische/Widder steht in den Morgenstunden im Osten.
Jupiter im Grenzbereich der Sternbilder Fische und Walfisch geht um Mitternacht auf und steht am Morgenhimmel im Süden.
Saturn im Steinbock ist fast die ganze Nacht zu sehen.

2023

Venus, abends tief im Westen, wird im Lauf des Monats unsichtbar.
Mars ist unbeobachtbar.
Jupiter im Widder ist in der zweiten Nachthälfte zu sehen und steht morgens im Südosten.
Saturn im Wassermann geht um Mitternacht auf und steht morgens im Süden.

So findet man den Polarstern

Der Blick nach Norden veranschaulicht, warum die Sternbilder Großer Wagen und Kassiopeia auch als Gegengewichte bezeichnet werden: Links im Nordwesten steht der Große Wagen auf seinem Weg Richtung Horizont, während rechts im Nordosten die Kassiopeia nach oben steigt. Drehpunkt dieses himmlischen Balanceakts ist der Polarstern, den man am bequemsten mit Hilfe des Großen Wagens finden kann. Dazu muss man den Abstand der hinteren beiden Kastensterne um das Fünffache schräg nach rechts oben verlängern.
Tief am Nordhorizont funkelt im Dunst der helle Stern Kapella. Um ihn zu sehen, bedarf es jedoch einer guten Horizontsicht.

Vollmond und Neumond

2014		2015		2016		2017		2018	
10.	25.	29.	14.	18.	2.	7.	21.	26.	11.
2019		**2020**		**2021**		**2022**		**2023**	
15.	1. 30.	3.	19.	22.	8.	12.	27.	1. 31.	16.

Sterne, die vom Himmel fallen: Mitte August kann man besonders viele Sternschnuppen sehen.

Die Highlights des Monats

Wünsch dir was

Im August leuchten in den Tagen **zwischen dem 10. und 14.** auffällig viele Sternschnuppen auf. Die sogenannten Perseiden (benannt nach dem Sternbild Perseus, aus dem sie zu kommen scheinen) huschen wie fallende Sterne über den Himmel. In Wirklichkeit handelt es sich um Staubkörner, die aus dem Weltraum in die Erdatmosphäre eindringen und dort verglühen. Dieses Verglühen, das meistens nur Bruchteile von Sekunden dauert, ist die eigentliche Sternschnuppe, auch Meteor genannt. Immer Mitte August wandert die Erde auf ihrer Bahn um die Sonne durch einen Bereich, wo es besonders viel Staub im Weltraum gibt. Deshalb kann man dann besonders viele Sternschnuppen sehen. Oft sind sie nur so hell wie die schwächeren Sterne, aber manchmal leuchten Sternschnuppen auch so hell wie Jupiter oder Venus. Der Zeitpunkt des Perseiden-Maximums ändert sich von Jahr zu Jahr etwas, liegt aber immer im genannten Zeitraum. Tendenziell kann man in der zweiten Nachthälfte mehr Perseiden sehen. Der Volksmund sagt übrigens, dass jeder, der zufällig eine Sternschnuppe sieht, einen Wunsch frei hat.

Drache
Zenit
Jagdhunde
Deneb
Wega
Pegasus
Schwan
Bootes
Nördl.
Krone
Herkules
Leier
Gemma
Sommer-
dreieck
Albireo
Arktur
Pfeil
Delfin
Fische
Enif
Schlange
Atair
Adler
Osten
Jungfrau
Schlangen-
träger
Wasser-
mann
Westen
Waage
Schild
Ekliptik
Steinbock
Antares
Schütze
Skorpion
Himmelsanblick am
1.8. 22 Uhr
1.7. 24 Uhr
1.6. 2 Uhr

Der Sternenhimmel

Im August gibt es jedes Jahr viele Sternschnuppen zu sehen. Die so genannten Perseiden treten besonders häufig zwischen dem 10. und 14. des Monats auf. Sternschnuppen leuchten meist nur einen kurzen Moment auf und verlöschen schnell. Wenn man Glück hat, kann man zufällig ein besonders helles Exemplar beobachten, das sogar eine nachglimmende Rauchspur erzeugt.

Sommer total

Doch der August bietet nicht nur Sternschnuppen, sondern auch andere auffällige Objekte. Hoch im Süden steht nun das Sommerdreieck, dessen Ecken durch Wega in der Leier, Deneb im Schwan und Atair im Adler markiert werden. In der Abenddämmerung gehört das Sommerdreieck zu den ersten Sternfiguren, die am Himmel sichtbar werden. Ungefähr im Schwerpunkt des Sommerdreiecks liegt ein Stern mittlerer Helligkeit, der Albireo heißt und zum Schwan gehört.
Albireo markiert den Kopf des Schwans, während Deneb am anderen Ende die Schwanzfedern symbolisiert. Quer zu dieser Sternkette verläuft in der Nähe von Deneb eine zweite Sternkette, die die ausgebreiteten Schwingen des Vogels markiert. Der Schwan fliegt in Richtung Horizont.
Rechts des Schwans liegt die Leier, ein kleines Sternbild, das nur wegen der Wega so auffällig ist. Den Leierkasten bilden vier schwache Sterne, die in einem Parallelogramm angeordnet sind.
Das Sternbild Adler am dritten Eckpunkt des Sommerdreiecks ist keine sehr markante Figur. Atair steht an der Brust des Adlers, während die Kette aus schwachen Sternen nach schräg rechts unten den Rumpf und Schwanz markiert. Die senkrecht zu dieser Linie verlaufende Sternkette, die durch Atair geht, ist ebenfalls nur ansatzweise zu erkennen.

Klein, aber oho

Dafür steht links oberhalb von Atair ein Sternbild, das recht gut zu sehen ist, obwohl es nur schwächere Sterne enthält und keine große Ausdehnung hat: der Delfin. Die Raute aus vier Sternen bildet den Körper des Meeressäugers, der darunter stehende, fünfte Stern markiert die Schwanzflosse.
Im August ist die Milchstraße im Bereich der Sternbilder Schwan und Adler besonders gut zu sehen, weil sie hoch am Himmel steht. Das schwache Lichtband erfordert einen dunklen Himmel, damit es sofort auffällt.

Die Sichtbarkeit der Planeten

2014

Venus ist faktisch unbeobachtbar.
Mars ist faktisch unbeobachtbar.
Jupiter ist unbeobachtbar.
Saturn steht in der Abenddämmerung bereits tief im Südwesten.

2015

Venus ist unbeobachtbar.
Mars ist unbeobachtbar.
Jupiter ist unbeobachtbar.
Saturn steht in der Abenddämmerung tief im Südwesten.

2016

Venus ist unbeobachtbar.
Mars im Skorpion steht nach Dämmerungsende schon tief im Südwesten.
Jupiter ist unbeobachtbar.
Saturn im Schlangenträger steht in der Abenddämmerung im Südwesten und geht um Mitternacht unter.

2017

Venus steht in der Morgendämmerung im Osten.
Mars ist unbeobachtbar.
Jupiter ist faktisch unbeobachtbar.
Saturn im Schlangenträger ist in der ersten Nachthälfte zu sehen.

2018

Venus ist so gut wie unbeobachtbar.
Mars im Steinbock ist die ganze Nacht zu sehen.
Jupiter ist faktisch unbeobachtbar.
Saturn im Schützen steht abends tief im Süden und ist ungefähr bis Mitternacht zu sehen.

2019

Venus ist unbeobachtbar.
Mars ist unbeobachtbar.
Jupiter im Schlangenträger geht in der zweiten Nachthälfte unter.
Saturn im Schützen steht abends tief im Süden und geht in der zweiten Nachthälfte unter.

2020

Venus steht vor Sonnenaufgang am Osthimmel.
Mars in den Fischen geht um Mitternacht auf und steht morgens im Süden.
Jupiter im Schützen steht abends im Süden und geht gegen Morgen unter.

Wandernde Lichtpunkte

Häufig kann man helle Satelliten als Lichtpunkte am Dämmerungshimmel entlang ziehen sehen – besonders in den Sommermonaten, wenn die Dämmerung lange dauert. Aber Vorsicht, manchmal sieht ein hoch fliegendes Flugzeug einem Satelliten zum Verwechseln ähnlich. Auch die Internationale Raumstation ISS ist immer wieder als sich schnell bewegender Lichtpunkt zu erkennen. Sie kann heller werden als die Venus. Genaue Sichtbarkeiten kann man sich im Internet berechnen lassen: www.heavens-above.com.

Leuchtspuren am Himmel: Hin und wieder leuchten Satelliten am Himmel für kurze Zeit besonders hell auf.

Saturn im Schützen steht abends im Süden und geht gegen Morgen unter.

2021

Venus ist quasi unbeobachtbar.
Mars ist unbeobachtbar.
Jupiter im Bereich Wassermann/Steinbock ist die ganze Nacht zu sehen.
Saturn im Steinbock geht im Lauf des Monats in der zweiten Nachthälfte immer früher unter.

2022

Venus ist unbeobachtbar.
Mars im Bereich Widder/Stier steht in den Morgenstunden im Osten.
Jupiter im Grenzbereich Fische/Walfisch geht bald nach Sonnenuntergang auf und steht morgens im Südwesten.
Saturn im Steinbock ist fast die ganze Nacht zu sehen.

2023

Venus ist unbeobachtbar.
Mars ist unbeobachtbar.
Jupiter im Widder geht um Mitternacht auf und steht morgens im Süden.
Saturn im Wassermann ist die ganze Nacht zu sehen.

So findet man den Polarstern

Am Nordwesthimmel rollt der Große Wagen seiner tiefsten Stellung über dem Horizont entgegen. Die sieben Sterne der Figur stellen trotzdem noch ein markantes Sternbild dar, mit dem sich der Polarstern leicht finden lässt. Fasst man den Knick der Wagendeichsel als Pfeilrichtung auf, so muss man den Abstand der hinteren beiden Wagensterne fünfmal in diese Richtung verlängern. Rechts im Nordosten steigt die Kassiopeia in die Höhe. Das Sternbild liegt auf der Seite, so dass man den Kopf etwas neigen muss, um sich den Buchstaben W vorstellen zu können. Fast senkrecht unter der Kassiopeia stößt man auf die funkelnde Kapella, den hellsten Stern des Fuhrmanns.

Vollmond und Neumond

2014		2015		2016		2017		2018	
9.	24.	28.	13.	16.	1.	6.	20.	25.	9.
2019		**2020**		**2021**		**2022**		**2023**	
14.	28.	2.	17.	21.	7.	10.	25.	29.	15.

28. September 2015:
Am Südwesthimmel findet eine totale Mondfinsternis statt.

Die Highlights des Monats

Totale Mondfinsternis
In der Nacht **vom 27. auf den 28. September 2015** ereignet sich eine totale Mondfinsternis. Unser Trabant wandert gegen 3.15 Uhr Sommerzeit langsam in den Erdschatten: Die Mondscheibe wird vom linken oberen Rand her „angeknabbert", bis sie rund eine Stunde später vollständig verfinstert ist. Der Mond steht dabei am Südwesthimmel. Mit Beginn der Morgendämmerung, nach 5.15 Uhr Sommerzeit, verlässt unser Trabant wieder langsam den Erdschatten: Die Mondscheibe hellt sich vom linken oberen Rand her nach und nach auf. Das Ende der Verfinsterung lässt sich vom deutschen Sprachraum aus gerade noch in der schnell fortschreitenden Dämmerung beobachten. Auffällig ist die Finsternis in diesem Stadium aber nicht mehr.

Lichter der Stadt

Künstliche Lichtquellen schaden der Pracht des Sternhimmels. Je heller die Umgebung erleuchtet ist, desto weniger Sterne sieht man. In den Bergen oder in dünn besiedelten Regionen steigt die Zahl der Sterne dagegen auf einige Tausend.

Himmelsanblick am
1.10. 20 Uhr
1.9. 22 Uhr
1.8. 24 Uhr

Der Sternenhimmel

Im September dominiert noch immer das Sommerdreieck aus Wega, Deneb und Atair den Himmelsanblick in Richtung Süden. Nur die Verlagerung der Sternbilder Schwan, Leier und Adler nach Südwesten zeigt an, dass die Sommersternbilder langsam den Herbststernbildern Platz machen müssen. Aber noch steht Deneb am Ende des Schwans fast senkrecht über unseren Köpfen.

Zwei helle Sterne

Zieht man von ihm in Gedanken eine senkrechte Linie bis herunter zum Westhorizont, kommt man an den wichtigsten Sternbildern vorbei, die in den vergangenen Monaten den Anblick des Himmels prägten: Leier, Herkules, Nördliche Krone und Bootes. Leier und Herkules liegen quasi auf der Seite; der Bootes mit Arktur geht bald unter. Durch seine Horizontnähe kann der rötlich leuchtende Stern bereits schwächer als die hoch am Himmel stehende weiß strahlende Wega in der Leier erscheinen. Tatsächlich sind diese beiden Sterne aber fast gleich hell.

Blickt man nach Süden, stößt man unterhalb des Schwans nur auf unscheinbare Sternbilder. Am markantesten ist noch der Delfin, links des Sternbilds Adler, dessen dicht zusammenstehende Sterne eine Raute bilden.

Links vom Delfin, also in Richtung Osten, stößt man auf ein ausgedehntes Sternbild, von dem aber nur ein Teil mit helleren Sternen besetzt ist: Beim Pegasus handelt es sich in der griechischen Mythologie um ein geflügeltes Pferd, das ein Nachkomme des Meeresgottes Poseidon und der Gorgone Medusa ist – jenes Wesens, das der Held Perseus tötete. Pegasus wohnte bei den Göttern und trug den Blitz und Donner des Zeus.

Die Überlieferungen über Pegasus' Geburt variieren sehr: In einer Version ist Pegasus dem Nacken der Medusa entsprungen, als diese von Perseus geköpft wurde. Nach einer anderen Version ging der Pegasus aus der Erde hervor, auf die Medusas Blut getropft ist. Pegasus gilt aber auch als geflügeltes Pferd der Dichter und Denker, das jene zu ihrer Arbeit inspiriert.

Vorzeichen des Herbstes

Noch weiter links (östlich) stehen die Sternbilder Andromeda, Dreieck und Widder – Vorboten des nahenden Herbstes. Der September ist auch der letzte Monat, in dem die hellen Partien der Sommermilchstraße gut zu sehen sind.

Die Sichtbarkeit der Planeten

2014

Venus ist unbeobachtbar.
Mars ist unbeobachtbar.
Jupiter im Krebs steht in der Morgendämmerung am Osthimmel.
Saturn ist unbeobachtbar.

2015

Venus ist nur schwer in der Morgendämmerung am Osthimmel zu sehen.
Mars steht in der Morgendämmerung tief am Osthimmel.
Jupiter ist unbeobachtbar.
Saturn steht in der Abenddämmerung tief im Südwesten.

2016

Venus ist unbeobachtbar.
Mars steht bei Einbruch der Dunkelheit schon tief im Südwesten und geht bald darauf unter.
Jupiter ist unbeobachtbar.
Saturn ist quasi unbeobachtbar.

2017

Venus steht in der Morgendämmerung als strahlender Morgenstern im Osten.
Mars ist unbeobachtbar.
Jupiter ist unbeobachtbar.
Saturn im Schlangenträger ist vor Mitternacht zu sehen.

2018

Venus ist unbeobachtbar.
Mars im Steinbock geht gegen Morgen unter.
Jupiter ist faktisch unbeobachtbar.
Saturn im Schützen geht in der ersten Nachthälfte unter.

2019

Venus ist unbeobachtbar.
Mars ist unbeobachtbar.
Jupiter geht kurz nach Ende der Abenddämmerung unter.
Saturn im Schützen geht um Mitternacht unter.

2020

Venus steht morgens am Osthimmel.

Mehr sehen

Mit dem bloßen Auge kann man bereits viel am Sternhimmel erkennen, aber mit einem Fernglas noch mehr. Man sieht damit nicht nur schwächere Sterne besser, sondern auch Krater auf dem Mond sowie Objekte wie die Plejaden (S. 11), den Orion-Nebel (S. 17) oder die hellsten Monde des Planeten Jupiter. Jedes Fernglas trägt eine Bezeichnung der Art „8 × 30“ oder „7 × 50“, die etwas über seine optische Leistung aussagt. Die erste Angabe (8 × bzw. 7 ×) gibt die Vergrößerung an, die zweite (30 bzw. 50) den Durchmesser der Frontlinse in Millimetern. Je größer die Frontlinse, desto schwächere Sterne sind mit dem Fernglas zu erkennen. Feldstecher mit deutlich weniger als 30 Millimeter Frontlinsendurchmesser eignen sich nur eingeschränkt für die Sternbeobachtung.

Wanderung durch den Erdschatten:
Fotomontage des Ablaufs einer partiellen Mondfinsternis.

Mars in den Fischen steht fast die ganze Nacht über am Himmel.
Jupiter im Schützen steht am Abendhimmel im Süden und geht gegen Mitternacht unter.
Saturn im Schützen steht abends im Süden und geht gegen Mitternacht unter.

2021

Venus ist unbeobachtbar.
Mars ist unbeobachtbar.
Jupiter im Steinbock steht abends im Südosten und geht in der zweiten Nachthälfte unter.
Saturn im Steinbock steht abends im Südosten und geht um Mitternacht unter.

2022

Venus ist unbeobachtbar.
Mars im Stier geht in der zweiten Nachthälfte auf und steht morgens im Süden.
Jupiter in den Fischen ist die ganze Nacht zu sehen.
Saturn im Steinbock zieht sich langsam aus der zweiten Nachthälfte zurück.

2023

Venus ist vor Sonnenaufgang im Osten zu sehen.
Mars ist unbeobachtbar.
Jupiter im Widder geht in den Abendstunden auf und steht morgens im Südwesten.
Saturn im Wassermann geht in der zweiten Nachthälfte unter.

So findet man den Polarstern

Der Große Wagen rollt gemächlich am Nordhorizont entlang – so sieht es zumindest aus, wenn man das Sternbild am Himmel sieht. Es bedarf nun einer freien Sicht nach Norden, um das Sternbild überhaupt noch vollständig überblicken zu können. Um den Polarstern zu finden, muss man den hinteren Abstand der beiden Kastensterne einfach senkrecht nach oben um das Fünffache verlängern.

Wem der Blick auf den Großen Wagen versperrt ist, kann auch das Sternbild Kassiopeia nutzen, um den Polarstern zu finden. Die Spitze in der Mitte des Himmels-Ws zeigt ungefähr auf den Polarstern.

Im Nordosten steigt derweil die helle Kapella empor.

Vollmond und Neumond

2014		2015		2016		2017		2018	
8.	23.	27.	13.	16.	1. 30.	5.	19.	24.	9.
2019		**2020**		**2021**		**2022**		**2023**	
13.	28.	1. 31.	16.	20.	6.	9.	25.	28.	14.

Sonnen- und Mondfinsternis: Maximal verfinsterte Sonne am 25.10.2022 (links) und maximal verfinsterter Mond am 28.10.2023.

Die Highlights des Monats

Partielle Sonnenfinsternis
In den Mittagsstunden des **25. Oktober 2022** wird die Sonne zum Teil vom Mond verfinstert. Abhängig vom genauen Standort beginnt diese partielle Finsternis im deutschsprachigen Raum etwa um 11.15 Uhr und endet gegen 13.30 Uhr. Die Phase maximaler Verfinsterung ist um etwa 12.15 Uhr erreicht. Während im Südwesten des deutschen Sprachraums dann weniger als ein Fünftel der Sonnenscheibe verfinstert ist, kann sich ein Beobachter auf Rügen über mehr als ein Drittel freuen. Wer das Ereignis verfolgen will, muss unbedingt seine Augen vor der intensiven Sonnenstrahlung schützen (s. Seite 24).

Partielle Mondfinsternis
Am **28. Oktober 2023** wird der untere Bereich des Vollmondes verfinstert. Es handelt sich um eine eher kleine partielle Finsternis. Das Ereignis beginnt etwa um 21.30 Uhr und endet gegen 23 Uhr. Ungefähr um 22.15 Uhr ist die maximale Phase der Verfinsterung erreicht. Der Mond steht zu Beginn der Finsternis im Osten, am Ende im Südosten. Ein Stück links vom Mond ist der helle Planet Jupiter zu sehen.

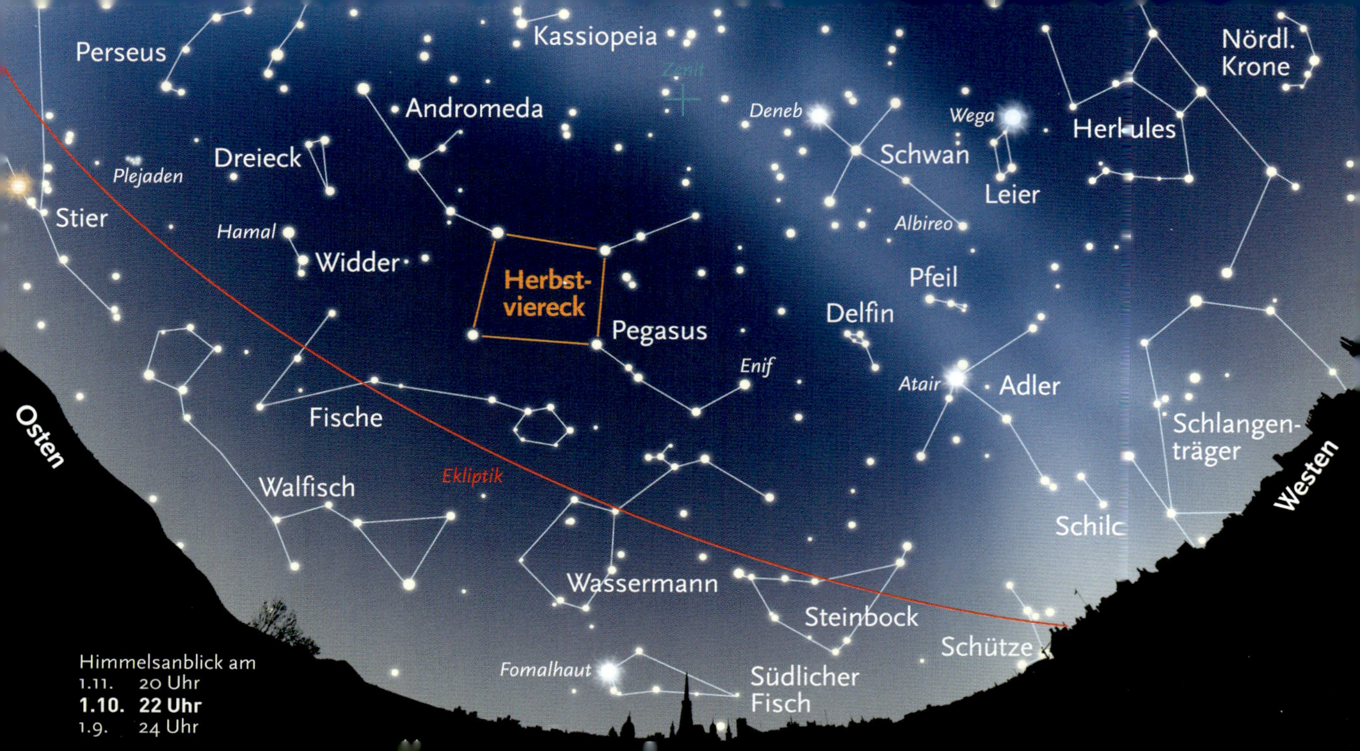
Perseus
Kassiopeia
Zenit
Nördl.
Krone
Andromeda
Deneb
Wega
Herkules
Dreieck
Plejaden
Schwan
Leier
Stier
Hamal
Albireo
Widder
Herbst-
viereck
Pfeil
Delfin
Pegasus
Enif
Atair
Adler
Osten
Fische
Schlangen-
träger
Walfisch
Ekliptik
Westen
Schild
Wassermann
Steinbock
Schütze
Fomalhaut
Südlicher
Fisch
Himmelsanblick am
1.11. 20 Uhr
1.10. 22 Uhr
1.9. 24 Uhr

Der Sternenhimmel

Schaut man im Oktober nach Süden, hat sich der Wechsel des Himmelsanblicks von den Sommer- zu den Herbststernbildern endgültig vollzogen. Rechts, in Richtung Westen, beherrscht das Sommerdreieck mit den Sternbildern Leier, Schwan und Adler die Szenerie. Noch weiter Richtung Westhorizont stehen das ausgedehnte Sternbild Herkules und die kleine Nördliche Krone.

Die unteren Bereiche des Südostens, Südens und Südwestens bevölkern fast ausschließlich Sternbilder mit relativ schwachen Sternen. Die einzige Ausnahme bildet der hell funkelnde Stern Fomalhaut im unscheinbaren Sternbild Südlicher Fisch, das tief über dem Südhorizont steht. Fomalhaut hat eine ähnliche Helligkeit wie Deneb im Schwan; beide Sterne leuchten weißlich.

Die Nüstern des Pferdes

Das geflügelte Pferd Pegasus ist nun mit seinem Kopf bereits an den Südhimmel vorgerückt. Das Pegasus-Quadrat bildet den Rumpf des geflügelten Tiers, während der einzelne, hellere Stern, rechter Hand am Ende der weitläufigen Sternkette, den Kopf markiert. Dieser Stern heißt Enif, was sich aus dem arabischen Begriff für „Nase" ableitet. Das Pegasus-Viereck wird auch als Herbstviereck bezeichnet, weil es in den Abendstunden am Herbsthimmel zu sehen ist. Der Name ergibt sich in Anlehnung an die Begriffe Wintersechseck, Frühlings- und Sommerdreieck: So schmückt den Abendhimmel während jeder Jahreszeit eine charakteristische Sternfigur, die eigentlich kein Sternbild ist. An die obere linke Ecke des Pegasus-Vierecks schließt nahtlos das Sternbild Andromeda an. Die Sternkette der Andromeda besteht aus zwei Sternen, die eine ähnliche Helligkeit haben wie der Eckstern des Pegasus-Vierecks sowie aus einem weiteren, schwächeren Stern.

Helle Sterne tief im Osten

Folgt man mit den Augen dem Schwung der Andromeda, trifft man auf das Sternbild Perseus, das aus zwei Ketten schwächerer Sterne besteht (am oberen Kartenrand). Verlängert man in Gedanken den Bogen der Andromeda nach links über den Perseus hinaus, trifft man auf Kapella im Fuhrmann (s. Nordkarte S. 62), bei der es sich um einen der hellsten Sterne des Nordhimmels handelt. Unterhalb des Perseus funkelt in Horizontnähe bereits der rötliche Aldebaran im Sternbild Stier.

Die Sichtbarkeit der Planeten

2014

Venus ist unbeobachtbar.
Mars ist unbeobachtbar.
Jupiter im Grenzgebiet der Sternbilder Löwe und Krebs geht nach Mitternacht auf und steht in der Morgendämmerung im Südosten.
Saturn ist unbeobachtbar.

2015

Venus steht als auffälliges Objekt in der Morgendämmerung am Osthimmel.
Mars im Löwen geht in der zweiten Nachthälfte auf und steht in der Morgendämmerung am Osthimmel.
Jupiter im Löwen ist gegen Morgen am Osthimmel zu sehen.
Saturn ist unbeobachtbar.

2016

Venus ist unbeobachtbar.
Mars im Schützen steht abends tief im Südwesten.
Jupiter in der Jungfrau steht in der Morgendämmerung sehr tief im Osten.
Saturn ist unbeobachtbar.

2017

Venus ist so gut wie unbeobachtbar.
Mars ist so gut wie unbeobachtbar.
Jupiter ist unbeobachtbar.
Saturn ist so gut wie unbeobachtbar.

2018

Venus ist unbeobachtbar.
Mars im Steinbock geht nach Mitternacht unter.
Jupiter ist unbeobachtbar.
Saturn im Schützen steht in der Abenddämmerung im Südwesten.

2019

Venus ist unbeobachtbar.
Mars ist unbeobachtbar.
Jupiter im Schlangenträger geht kurz nach Ende der Abenddämmerung unter.
Saturn im Schützen geht vor Mitternacht unter.

2020

Venus steht morgens im Osten.
Mars in den Fischen steht abends im Osten und ist die

Regenbogenmond

Besonders in den Herbstmonaten können um den Mond mehr oder minder farbige „Scheiben" auftreten (Innenrand: blauweiß, Außenrand: rotbraun). Diese sogenannten Höfe entstehen durch Wassertröpfchen in der irdischen Lufthülle. Auch um die Sonne können solche Höfe auftreten, allerdings fallen sie wegen der blendenden Helligkeit der Sonne weniger auf.
Dagegen sind Halos um die Sonne leichter zu sehen, als um den Mond. In ihrer häufigsten Form bilden sie einen großen farblosen Ring, dessen Radius ungefähr dem Abstand vom Daumen zum kleinen Finger an der gespreizten Hand bei ausgestrecktem Arm entspricht.

Planetentrio Ende Oktober 2015:
Vom 24.10. – 3.11.2015 zieht Venus an Jupiter und Mars vorbei.

ganze Nacht über am Himmel zu sehen.
Jupiter im Schützen geht in den Abendstunden unter.
Saturn im Schützen geht in den Abendstunden unter.

2021

Venus steht nach Sonnenuntergang sehr tief im Südwesten.
Mars ist unbeobachtbar.
Jupiter im Steinbock steht abends im Südosten und geht vor Mitternacht unter.
Saturn im Steinbock geht in den Abendstunden im Südwesten unter.

2022

Venus ist unbeobachtbar.
Mars im Stier geht in der ersten Nachthälfte auf und steht morgens im Südwesten.
Jupiter in den Fischen steht abends im Südosten und geht in der zweiten Nachthälfte unter.
Saturn im Steinbock steht abends im Süden und geht um Mitternacht unter.

2023

Venus ist vor Sonnenaufgang im Osten zu sehen.
Mars ist unbeobachtbar.
Jupiter im Widder ist quasi die ganze Nacht über am Himmel zu sehen.
Saturn im Wassermann steht abends im Südosten und geht gegen Monatsende um Mitternacht unter.

So findet man den Polarstern

Die sieben Sterne des Großen Wagens stehen noch immer tief am Nordhimmel. Wer eine freie Sicht auf den Horizont hat, kann damit weiterhin den Polarstern finden. Die fünffache Verlängerung des Abstands der hinteren beiden Kastensterne führt zum Ziel.

Ist der Große Wagen durch Gebäude oder Bäume verdeckt, so verwendet man das Sternbild Kassiopeia als Aufsuchhilfe. Legt man den Kopf in den Nacken, sieht man die aus fünf Sternen bestehende Zickzacklinie des Himmels-Ws, das nun wie der Buchstabe M aussieht. Fasst man den mittleren Stern der Kassiopeia als Pfeilspitze auf, so trifft man auf dem Weg zum Horizont den Polarstern.

Vollmond und Neumond

2014		2015		2016		2017		2018	
6.	22.	25.	11.	14.	29.	4.	18.	23.	7.
2019		**2020**		**2021**		**2022**		**2023**	
12.	26.	30.	15.	19.	4.	8.	23.	27.	13.

November

Vier Himmelskörper treffen sich: Mondposition am 6./7.11.2015 in Bezug zu den Planeten Jupiter, Mars und Venus.

Die Highlights des Monats

Planetenrennen

Anfang **November 2015** zieht die schmale Sichel des abnehmenden Mondes an Jupiter, Venus und Mars vorbei. Die hellen Gestirne sind in der Morgendämmerung Richtung Südosten zu sehen. Am 6. des Monats steht die Mondsichel noch oberhalb des Jupiters, während sie am 7. November ein kleines Dreieck mit Venus und Mars bildet. Dieses Vierertreffen ist nur der Höhepunkt der vergangenen zwei Wochen. Bereits während der letzten Oktobertage zieht die Venus am Planeten Jupiter vorbei (der geringste Abstand wird am 25. Oktober erreicht), am 2. und 3. November steht die Venus dann nahe beim Planeten Mars.

In den folgenden Wochen entfernen sich die drei Planeten am Himmel voneinander. Anfang Dezember stattet ihnen die Sichel des abnehmenden Mondes nochmals einen Besuch ab: Am Morgen des 4. Dezember steht sie bei Jupiter und am 6. Dezember bei Mars. Unser Trabant überholt die schon recht tief im Südosten stehende Venus am Nachmittag des 7. Dezember. Venus, Mars und Jupiter markieren dabei den Verlauf der Bahn am Himmel, die alle Planeten beschreiben (die „Ekliptik“).

Zwillinge
Kapella
Algenib
Kassiopeia
Deneb
W ga
Leier
Fuhrmann
Zenit
Perseus
Schwan
Albireo
Andromeda
Plejaden
Dreieck
Pfeil
Aldebaran
Hamal
Stier
Widder
Delfin
Pegasus
Betei-
geuze
Ekliptik
Adler
Atair
Enif
Osten
Orion
Fische
Wassermann
Westen
Rigel
Walfisch
Steinboc
Südlicher Fisch
Schütze
Fomalhaut
Himmelsanblick am
1.12. 20 Uhr
1.11. 22 Uhr
1.10. 24 Uhr

Der Sternenhimmel

Im November beherrschen die Herbststernbilder den Südhimmel. Andromeda und Pegasus-Viereck fallen sofort ins Auge. Links unterhalb der Andromeda sieht man zwei unscheinbare kleine Sternbilder, von denen die meisten Sterne recht schwach sind: das Dreieck, das vor allem wegen seiner Form auffällt, und den Widder, der mit Hamal zumindest einen helleren Stern besitzt. In der griechischen Mythologie hatte der Widder ein Fell aus reinem Gold (das „Goldene Vlies“), das der Held Jason suchte. Hamal leitet sich von dem arabischen Wort für „Schaf“ ab.

Perseus – der Retter

Links neben Andromeda, Dreieck und Widder liegt der Perseus, der zwar aus helleren Sternen besteht, aber keine sehr einprägsame Form hat. Perseus und Andromeda gehören neben den Sternbildern Kepheus, Kassiopeia und Walfisch zur selben Sternsage in der griechischen Mythologie.

Kepheus war der König von Äthiopien. Seine Frau Kassiopeia hatte den Meeresgott Poseidon beleidigt, indem sie ihre Schönheit über die der Meerjungfrauen erhob. Dieser Frevel durfte nicht ungesühnt bleiben, und so schickte Poseidon ein Meeresungeheuer (das heutige Sternbild Walfisch) aus, das Äthiopien verwüsten sollte. Nur durch ein Jungfrauenopfer war es zu besänftigen. Schweren Herzens ließ daraufhin Kepheus seine Tochter Andromeda als Beute für das Meeresungeheuer an einen Felsen ketten.

Doch in letzter Minute eilte Perseus herbei. Er hatte auf seinen Reisen viele Heldentaten vollbracht und zuletzt der schrecklichen Gorgone Medusa den Kopf abgeschlagen. Perseus griff das Meeresungeheuer an: Es folgte ein erbitterter Kampf, und in höchster Not richtete Perseus den Kopf der Medusa auf das Ungeheuer, das augenblicklich zu Stein erstarrte. Das Happy End war perfekt: Der strahlende Held befreite Andromeda und nahm sie zur Frau.

Vorboten des Winters

Am Osthimmel unterhalb des Perseus stößt man bereits auf einige Wintersternbilder, die mit ihren vielen hellen Sternen die Aufmerksamkeit auf sich ziehen. Fuhrmann, Stier, Zwillinge und Orion sind schon gut zu sehen. Am Westhimmel hält sich dagegen noch das Sommerdreieck aus Wega, Deneb und Atair. Allerdings sind nur noch Schwan und Leier gut zu sehen, der Adler ist bereits in die horizontnahen Dunstschichten abgetaucht.

Die Sichtbarkeit der Planeten

2014

Venus ist unbeobachtbar.
Mars ist tief am Westhimmel nur noch kurz nach dem Ende der Dämmerung zu sehen.
Jupiter im Löwen ist in der zweiten Nachthälfte zu sehen – zunächst am Osthimmel, morgens im Süden.
Saturn ist unbeobachtbar.

2015

Venus steht als auffälliges Objekt in der Morgendämmerung am Osthimmel.
Mars im Löwen geht in der zweiten Nachthälfte auf und steht während der Dämmerung in mittlerer Höhe am Osthimmel.
Jupiter im Löwen geht nach Mitternacht im Osten auf und steht morgens im Südosten.
Saturn ist unbeobachtbar.

2016

Venus steht nach Sonnenuntergang bereits tief im Südwesten und ist daher nicht leicht zu finden.
Mars im Steinbock steht in der Abenddämmerung im Südwesten und geht in der ersten Nachthälfte unter.
Jupiter in der Jungfrau steht in der Morgendämmerung im Osten.
Saturn ist unbeobachtbar.

2017

Venus ist quasi unbeobachtbar.
Mars in der Jungfrau steht morgens tief im Osten.
Jupiter ist unbeobachtbar.
Saturn ist unbeobachtbar.

2018

Venus ist morgens im Südosten immer besser zu sehen.
Mars im Steinbock/Wassermann geht um Mitternacht unter.
Jupiter ist unbeobachtbar.
Saturn ist so gut wie unbeobachtbar.

2019

Venus ist unbeobachtbar.
Mars ist unbeobachtbar.
Jupiter steht sehr tief am westlichen Abendhimmel und ist so gut wie unbeobachtbar.
Saturn im Schützen steht in der Abenddämmerung tief im Südwesten und geht schon früh unter.

2020

Venus steht morgens im Südosten.
Mars in den Fischen ist weiterhin fast die ganze Nacht zu sehen.
Jupiter im Schützen geht bald nach Einbruch der Dunkelheit unter.

Himmlische Leuchttürme

Nach Sonne und dem Mond ist der Planet Venus das hellste Gestirn am Himmel. Jupiter und Mars können immer noch heller werden als Sirius, der hellste Stern. Der Polarstern hat dagegen nur eine mittlere Helligkeit, steht aber an einer markanten Stelle des Himmels, weshalb man ihn leicht finden kann.

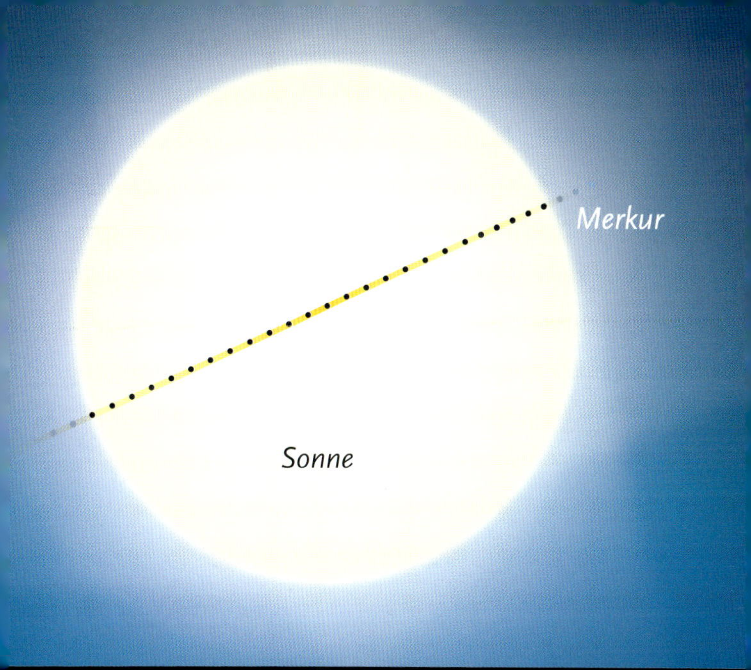

Merkurtransit: Am 11. November 2019 wandert Merkur vor der Sonne vorbei (s. a. Seite 33).

Saturn im Schützen geht bald nach Einbruch der Dunkelheit unter.

2021

Venus steht abends sehr tief im Südwesten.
Mars ist unbeobachtbar.
Jupiter im Steinbock steht bei Sonnenuntergang im Süden und verkürzt seine Sichtbarkeit auf die Abendstunden.
Saturn im Steinbock steht bei Sonnenuntergang im Süden und verkürzt seine Sichtbarkeit auf die frühen Abendstunden.

2022

Venus ist unbeobachtbar.
Mars im Stier ist die ganze Nacht über zu sehen.
Jupiter in den Fischen steht abends im Südosten und geht in der zweiten Nachthälfte unter.
Saturn im Steinbock steht am Abendhimmel im Südwesten und geht zunehmend früher unter.

2023

Venus ist vor Sonnenaufgang im Osten zu sehen.
Mars ist unbeobachtbar.
Jupiter im Widder steht am Abendhimmel im Osten und geht in der zweiten Nachthälfte unter.
Saturn im Wassermann steht nach Sonnenuntergang im Süden und geht in der ersten Nachthälfte unter.

So findet man den Polarstern

Der Große Wagen hat in den Abendstunden seine tiefste Stellung über dem Nordhorizont hinter sich gelassen. Trotzdem benötigt man noch immer freie Sicht zum Horizont, um ihn vollständig zu sehen. Blickt man im Dezember nach Norden, so befindet sich der Große Wagen rechts der exakten Nordrichtung. Das Sternbild steht auf dem Ende seiner Deichsel und reckt den Wagenkasten nach oben.
Die beiden am höchsten stehenden Sterne des Wagenkastens weisen die Richtung zum Polarstern. Verlängert man ihren Abstand fünfmal schräg nach links oben, so trifft man auf ihn.
Links unten knapp über dem Nordwesthorizont funkelt der helle Stern Wega.

Vollmond und Neumond

2014		2015		2016		2017		2018	
6.	22.	25.	11.	14.	29.	3.	18.	22.	7.
2019		**2020**		**2021**		**2022**		**2023**	
12.	26.	30.	14.	19.	4.	8.	23.	27.	13.

Anfang Dezember 2015: Im Lauf von fünf Tagen wandert der Mond an Jupiter, Mars und Venus vorbei.

Die Highlights des Monats

Besuch durch den Mond
Anfang Dezember 2015 wandert der Mond in der einsetzenden Morgendämmerung im Lauf von fünf Tagen an Jupiter, Mars und Venus vorbei. Die drei Planeten stehen im Südosten, Venus und Mars im Sternbild Jungfrau, Jupiter im Löwen. Am 3. Dezember stehen die drei Planeten und der abnehmende Mond aufgereiht wie an einer spärlich besetzten Perlenkette am Himmel. Am Morgen des 4. Dezember passiert unser Mond dann den Jupiter. Zwei Tage später, am 6. Dezember, zieht der Mond an Mars vorbei, bevor er vom 7. auf den 8. Dezember die Venus hinter sich lässt. Bei guter Horizontsicht kann man unseren Trabanten und die drei Planeten am 9. Dezember in der fortgeschrittenen Morgendämmerung wieder wie an der Perlenkette aufgereiht sehen – nur dass der Mond dann am tiefsten steht.

Mond bedeckt Mars
Am **8. Dezember 2022** zieht der Mond am Westhimmel vor Mars vorbei. Abhängig vom Standort verschwindet Mars um ungefähr 6 Uhr links oben am Mondrand und taucht um etwa 7 Uhr rechts unten wieder auf. Wegen der Dämmerung ist nur der Anfang leicht zu verfolgen.

Himmelsanblick am
1.1. 20 Uhr
1.12. 22 Uhr
1.11. 24 Uhr

Der Sternenhimmel

Im Dezember kann man in der ersten Nachthälfte bereits alle Wintersternbilder sehen. Blickt man nach Süden, so stehen sie links am Südost- und Osthimmel. Im Südosten in mittlerer Höhe fällt eine Figur aus sieben hellen Sternen auf: der Himmelsjäger Orion. Die beiden Sterne oben links (Beteigeuze) und unten rechts (Rigel) in diesem Sternbild gehören zu den hellsten, die man überhaupt am Himmel sehen kann.

Vom Orion zum Stier

Oberhalb des Orions liegen das Sternbild Stier mit dem hellen, rötlich leuchtenden Stern Aldebaran und der Fuhrmann mit dem hellen, gelblich leuchtenden Stern Kapella. Zwischen Fuhrmann und Osthorizont stößt man auf zwei parallel zueinander verlaufende Sternketten, die das Sternbild Zwillinge formen, und an deren linken Enden zwei hellere Sterne (Kastor und Pollux) stehen. Noch näher am Horizont befindet sich der Kleine Hund, eine Figur aus lediglich zwei Sternen: dem hellen Prokyon und einem schwächeren Stern daneben. Blickt man nach Osten, leuchtet rechts unterhalb des Kleinen Hundes und links unterhalb des Orions ein einsamer Lichtpunkt im Horizontdunst: der Sirius. Er gehört zum Sternbild Großer Hund, das zum größten Teil noch nicht aufgegangen ist.
Blickt man wieder nach Süden und legt den Kopf in den Nacken, sieht man fast senkrecht über sich die Sternbilder Perseus und Andromeda. Die einzelnen Sterne des Perseus bilden keine sehr markante Figur, aber die Andromeda besteht aus einer langen Kette von drei mittelhellen und einem schwächeren Stern. Schaut man zur Andromeda hoch, schließt sich an dieses Sternbild rechts der Pegasus an, dessen markanter Teil aus einem Viereck besteht. Der rechte Stern in der Kette der Andromeda bildet gleichzeitig den linken, oberen Eckstern des Pegasus-Vierecks.

Unscheinbarer Süden

Unterhalb der Andromeda fällt noch der Stern Hamal im Widder auf, der zusammen mit ein paar Nachbarsternen die Konturen dieses Sternbildes markiert. Der restliche Himmelsbereich bis zum Südhorizont beherbergt zwar ausgedehnte, aber wenig auffällige Sternbilder. Tief am Westhimmel sind schließlich noch Sommersternbilder zu sehen, deren hellere Sterne auch noch in diesen geringen Höhen über dem Horizont ins Auge fallen.

Die Sichtbarkeit der Planeten

2014

Venus ist unbeobachtbar.
Mars steht in der Abenddämmerung tief am Westhimmel.
Jupiter im Löwen geht in den späteren Abendstunden auf und steht morgens im Südwesten.
Saturn ist nur am Monatsende in der Morgendämmerung tief am Osthimmel zu sehen.

2015

Venus steht als auffälliges Objekt bereits vor Beginn der Morgendämmerung am Osthimmel.
Mars in der Jungfrau geht in der zweiten Nachthälfte auf und steht morgens im Südosten.
Jupiter im Löwen geht in der zweiten Nachthälfte im Osten auf und steht morgens im Süden.
Saturn ist unbeobachtbar.

2016

Venus steht nach Sonnenuntergang im Südwesten.
Mars im Bereich der Sternbilder Steinbock/Wassermann steht am Abendhimmel im Südwesten und geht in der ersten Nachthälfte unter.
Jupiter in der Jungfrau ist vor Sonnenaufgang einige Stunden zu sehen.
Saturn ist unbeobachtbar.

2017

Venus ist unbeobachtbar.
Mars in der Jungfrau steht gegen Morgen tief im Südosten.
Jupiter in der Waage steht in der Morgendämmerung tief im Südosten.
Saturn ist unbeobachtbar.

2018

Venus im Sternbild Waage steht vor Sonnenaufgang im Südosten.
Mars im Bereich Wassermann/Fische geht um Mitternacht unter.
Jupiter ist unbeobachtbar.
Saturn ist unbeobachtbar.

2019

Venus taucht Ende des Jahres abends im Westen auf, ist aber schwer zu sehen.
Mars in der Waage steht in der Morgendämmerung tief im Südosten.
Jupiter ist unbeobachtbar.
Saturn im Schützen geht abends sehr früh unter und ist daher faktisch unbeobachtbar.

2020

Venus wird langsam unbeobachtbar.

Astronomie im Internet

Das Internet bietet eine Fülle von Informationen zur Astronomie. Unter der Adresse www.redshift-live.de gibt es aktuelle Meldungen aus der Forschung und Raumfahrt, unter www.kosmos-himmelsjahr.de finden Sie die wichtigsten Himmelsereignisse.

21. Dezember 2020: Jupiter und Saturn stehen morgens extrem dicht beisammen (rechts). Am 17. gesellt sich auch der Mond dazu.

Mars in den Fischen steht abends im Süden und geht nach Mitternacht unter.
Jupiter im Bereich Schütze/Steinbock geht bald nach Sonnenuntergang unter.
Saturn im Bereich Schütze/Steinbock geht bald nach Sonnenuntergang unter.

2021

Venus tief im Südwesten, wird im Lauf des Monats unbeobachtbar.
Mars ist unbeobachtbar.
Jupiter im Bereich Steinbock/Wassermann steht abends im Südwesten.
Saturn im Steinbock steht am Abendhimmel tief im Südwesten.

2022

Venus ist unbeobachtbar.
Mars im Stier ist die ganze Nacht zu sehen.
Jupiter in den Fischen wird zum Planeten der ersten Nachthälfte.
Saturn im Steinbock steht abends im Südwesten.

2023

Venus ist vor Sonnenaufgang im Osten zu sehen.
Mars ist unbeobachtbar.
Jupiter im Widder steht nach Sonnenuntergang im Südosten und geht in der zweiten Nachthälfte unter.
Saturn im Wassermann steht abends im Süden und geht immer früher unter.

Auf welcher Seite finde ich die richtige Sternkarte für ein bestimmtes Datum? Bei Sommerzeit: Eine Stunde dazuzählen.

	19 Uhr	20 Uhr	21 Uhr	22 Uhr	23 Uhr	24 Uhr	1 Uhr	2 Uhr	3 Uhr	4 Uhr	5 Uhr
1. Jan				10		16		22		28	
15. Jan			10		16		22		28		34
1. Feb		10		16		22		28		34	
15. Feb	10		16		22		28		34		40
1. Mrz		16		22		28		34		40	
15. Mrz	16		22		28		34		40		
1. Apr		22		28		34		40		46	
15. Apr			28		34		40		46		
1. Mai				34		40		46			
15. Mai					40		46				
1. Jun				40		46		52			
15. Jun					46		52				
1. Jul				46		52		58			
15. Jul					52		58				
1. Aug				52		58		64			
15. Aug			52		58		64		70		
1. Sep				58		64		70			
15. Sep			58		64		70		76		
1. Okt		58		64		70		76		10	
15. Okt	58		64		70		76		10		
1. Nov		64		70		76		10		16	
15. Nov	64		70		76		10		16		22
1. Dez		70		76		10		16		22	
15. Dez	70		76		10		16		22		28

Bildnachweis

Alle Sternkarten und Farbzeichnungen von Gunther Schulz. Mit 8 Farbfotos von Martin Gertz, Planetarium Stuttgart/Sternwarte Welzheim (1): Seite 31; Stefan Seip/www.astromeeting.de (3): Seite 2/3, 19, 61; Mario Weigand/www.skytrip.de (4): Seite 13, 43, 49, 55

Impressum

Umschlaggestaltung von eStudio Calamar unter Verwendung einer Illustration von Gunther Schulz (Titelseite) sowie drei Fotos von Stefan Seip/www.astromeeting.de (Rückseite).

Mit 24 Sternkarten, 31 Farbzeichnungen und 8 Farbfotos.

Unser gesamtes lieferbares Programm und viele weitere Informationen zu unseren Büchern, Spielen, Experimentierkästen, DVDs, Autoren und Aktivitäten finden Sie unter **kosmos.de**

ISBN: 978-3-440-14020-8
Redaktion: Sven Melchert, Justina Engelmann
Produktion: Ralf Paucke
Printed in Italy/Imprimé en Italie

FSC
www.fsc.org
MIX
Papier aus verantwortungsvollen Quellen
FSC® C015829